고마운 _____ 님께

괜찮아요,

　　그래도 여기까지 왔잖아요.

　　　　　　어린

채우지 않아도

삶에 스며드는 축복

채우지 않아도

삶에 스며드는 축복

정애리 지음

· 인용 시 목록

45쪽, 나태주, 「풀꽃」
57쪽, 박지웅, 「택시」, 『구름과 집 사이를 걸었다』(문학동네, 2012)
62쪽, 유안진, 「내가 나의 감옥이다」, 『다보탑을 줍다』(창비, 2004)
110쪽, 양광모, 「눈물 흘려도 돼」, 『한 번은 시처럼 살아야 한다』(이룸나무, 2013)
114쪽, 김시인, 「공부」, 『어린 당나귀 곁에서』(창비, 2015)
162쪽, 이시영, 「작별」, 『은빛 호각』(창비, 2003)
164쪽, 나태주, 「멀리서 빈다」
168쪽, 이해인, 「어떤 결심」, 『이해인 시전집2』(문학사상사, 2013)
204쪽, 정현종, 「방문객」, 『광휘의 속삭임』(문학과지성사, 2008)
208쪽, 정두리, 「심사」, 『파랑주의보』(인간과문학사(신아출판사), 2015)
264쪽, 심순덕, 「엄마는 그래도 되는 줄 알았습니다」

· 인용 노래 목록(KOMCA 승인필)

94쪽, 오기택, 「고향무정」
148쪽, 시인과 촌장, 「풍경」
229쪽, 한정석, 「집짓기」

저작권 허락을 받지 못한 일부 작품은 추후 저작권이 확인되는 대로 절차를 밟아
그에 따른 저작권료를 지불하겠습니다.

차
례

〰〰〰〰〰〰〰〰〰〰〰〰〰〰〰〰〰〰〰〰〰〰〰

🌸 01

매일,
시를 쓰는
마음으로

03

**실패로
쌓은
지혜**

05

비워야
내가 되는
나눔

다시, 그대에게 쓰는 편지

책을 내기로 결정하고 나니
이미 충분히 좋고 유익한 책들이 많은데 굳이 나까지 보태야 할까,
하는 생각이 들어 좀 힘들었습니다.
내가 얘기를 꺼낼 만큼 잘 살고 있나,
하는 생각도 들었고요.

그러다 특별히 잘난 이야기가 아닌
그냥 평범한 보통의 이야기도 괜찮겠다 싶었습니다.
특별한 사람들의 이야기도 물론 좋겠지만,
대부분의 우린 보통 사람이니까요.
여기에서는 우리가 만나는 일상의 이야기를 해 보려고 합니다.

늘 하늘을 봅니다.
아무리 답답해도 아무리 빌딩 숲이어도,
고개만 들면 보이는 하늘을 좋아합니다.
하늘을 보며 이야기하고 그렇게 위로를 받습니다.
언젠가부터 습관이 된 산책 길에서 만나는
땅, 꽃, 나무, 바람, 사람, 촬영 현장, 일상
모두가 다 나의 선생입니다.
온 세상에 스승이 있으니 얼마나 감사한지요.

세상천지에 있는 나의 스승이 이 이야기의 주인공입니다.
내게 위로를 주고 힘을 주는 스승을 당신에게도 소개하려고 합니다.
이 힘든 시대에 단 한 사람이라도 나처럼 위로를 받을 수 있다면,
그러면 참 좋겠다 싶어 용기를 내기로 했습니다.
아무것도 안 하면 아무 일도 안 생길 테니까요.

『축복』 이후 7년 만입니다.
다시 스마트폰으로 사진을 찍고 글을 써 내려갑니다.
예전보다 시력은 더 나빠졌고요, 체력도 당연히 더 떨어졌겠지요.
인생의 이런저런 일들도 많이 겪어냈고요.
어쩌면 자신감 가득했던 나는
이제 조금은 더 고개를 숙이고 어깨를 떨어뜨리며
세상을 대하는 태도가 담담해졌을지도 모르겠습니다.

몇 년 전에 큰 수술을 했습니다. 배에 수술 자국이 생겼지요.
그때는 회복 자체만으로도 너무나 감사해 나의 흉터가
누군가에게 힘과 용기를 준다면 얼마든지 보이겠다고 생각했었어요.
그러나 시간이 지나 조금씩 옅어지는 흉터처럼
그 마음도 옅어지는 걸 느낍니다.

사람 마음이란 얼마나 간사하지요.

어쩌면 이 책은 나의 흉터를 내보이는 작업입니다.

이제는 흉도 가진 여자, 그가 전보단 조금은 더 진실되고
깊어진 시선을 가지게 됐기를 그저 바랍니다.

혼자 살아가는 것이 아닌 세상.

만만치 않은 세상살이지만

그래도 돌아보니 그저 모두가 감사입니다.

이 모든 것들을 허락하신 하나님 참으로 감사합니다.

지금의 나를 만들어준 많은 사람들,

나를 사랑해주는 분들 정말 고맙습니다.

덕분에 제가 있습니다.

또 가장 가까이에서 나를 지켜주는 사랑하는 딸 지현이와

가족들에게도 감사를 전합니다.

그리고 제 얘기를 들어주려 책을 연 당신,

참, 참 감사합니다.

01

매일,
시를 쓰는
마음으로

수고가 매달렸습니다

오랜 시간 공무원으로 일했던 큰오빠가 퇴직을 하고
시골에 자리를 잡았습니다.

도심에서 그리 멀지 않고
또 농사를 많이 짓는 게 아니니
귀농이라고까지 하긴 그렇고 귀촌이라고 불러야 할까요.
마당 한편에 심어놓은 고추 상추 배추 무.
본인들 먹을 것과 자식들 조금씩 나누어줄 정도라 해도
일이라는 게 어디 그런가요.
때 맞춰 심고 걷고 잡초도 뽑아줘야 하니
허리 펼 새 없이 일을 하더군요.

마당 뒤껼 빨랫줄에 널린
빨아놓은 목장갑이 눈을 붙듭니다.
저 아이는 말끔하게 씻겨
고단한 흔적이 남아 있진 않지만
널린 장갑만으로도 오빠의 수고가 보였습니다.

당신은 어떤 수고를 마치셨나요.
아니면 지금도 여전히 진행 중인가요.

어서 어서 수고를 말끔하게 씻어내고
빨랫줄에 대롱대롱 매달려
뽀송 춤을 추면 좋겠습니다.

끝내 살아냈다는 흔적

꽃들을 예쁘게 피워내고 열매를 맺었던 벚나무들이
열매마저 다 떨구어냈습니다.
그걸 또 사람들이 밟고 지나가니 열매는 흔적도 없고
아로새긴 빛깔만 바닥에 남았네요.
이 아이도 머잖아 비바람에 씻기어 흔적조차 남지 않겠지요.
무심코 바닥을 바라보며 걷자니
이 또한 사람 사는 거랑 똑같구나 싶습니다.

누군가에게 받은 상처가 핏빛으로 물들었다가
흔적조차 말끔히 사라질 때까지,
얼마나 많은 비바람이 필요한지요.
상처가 생긴 곳에 비슷한 아픔이 가해지면 더 쓰라립니다.
마치 내리는 비에 저 흔적이 더 짙어지듯이요.
그러다가 마르고 또 바래고 그러기를 반복하면서
나중엔 완전히 사라지겠지요.
세월이 흐르며 흉터가 옅어지듯이요.

사실 처음 저 바닥을 봤을 때는
왠지 핏빛으로 느껴졌었어요.
주변에 상처 입고 아파하는 사람들이

많아서 그랬을까요.
다들 열심히 사는데….

밖에 비가 내립니다.
이 비가 그치면 저 흔적들도 많이 사라지겠지요.
우리 사는 세상에도
따뜻한 사랑의 비가 내려서
세상의 상처도 많이 닦이고 씻기면
좋겠다는 생각을 해 봅니다.

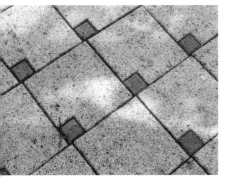

두 번째 걸음

요즘 편의점에서 쉽게 살 수 있는 우산입니다.
한 번 쓰고 버리기에는
너무나 좋아 두고두고 사용을 하지요.
감히 일회용이라는 말을 할 수가 없습니다.
저 우산도 누군가 잘 사용하다
비가 그쳐 버려두고 갔을까요.

비닐우산.
예전에는 말이죠,
정말 비닐우산을 썼었습니다.
혹 기억이 나시나요.
투명하게 비치는 파란색 비닐우산.
나중에는 노란색과 분홍색 우산이 나오기도 했지만
거의 파란색, 아니 정확히 말하면 하늘색이 대부분이었죠.
바람이라도 불면 홀딱 뒤집어져 결국은 버려야 했던,
대나무 살로 만든 비닐우산.
아버지와 오빠들은 망가진 우산살로
연도 만들어 띄우기도 했었어요.
가오리연 방패연….
간혹 그 시절이 그리울 때가 있습니다.

비닐우산이 뭐가 좋아 그립겠어요,
지금 것이 훨씬 더 좋은데요.
그냥 그 시절의 시간이 그리운 거겠죠.

우산이라 불리던 아이는 연도 되어주고
멋진 치장을 거쳐 조명도 되어줍니다.
한 가지 역할만 하고 자기 생을 끝내는 게 아니라
두 가지
세 가지
자기가 할 수 있는 모든 것을 다하고 사라집니다.
그런 아이가 어디 우산뿐이겠어요.
술을 담던 병이 꽃을 담기도 하고
필통이 되기도 하고 멋진 장식이 되기도 하고.
단단한 박스가 뒤집혀서 테이블이 되기도 하고
이쁜 천을 만나 협탁이 되기도 하고….

나는 어떨지 모르겠습니다.
힘이 다한 어느 날
재활용이 가능할지 모르겠습니다.
엄마로 연기자로 봉사자로 열심히 살아왔지만

그다음은 어떨지….
다시 쓰이려면
정말 잘 사용해야겠습니다.
자알.

그 마음으로 오늘도 한 걸음 더 걷습니다.

이야기를 담談다

다양한 모양의 블록들이 모여
나지막한 담이 되었습니다.

담과 벽 사이.

담이 말을 걸어옵니다.
나는 벽이 아니라고.
뚫려 있으니 소통할 수 있다고.

나를 보호하고
너를 보호하는
담.
너를 가로막고
나를 가로막는
담.

보호할 수도
가로막을 수도 있는 담에
이야기를 담을 수 있는 담談이 있으니
참 다행이다, 싶습니다.

소통은 참 신통방통한 아이입니다.
이 아이만 들어가면
담도 헐어낼 수가 있네요.

오늘도 많은 담장들을 마주하며 살겠지요.
그 담장들이 너무나 높을까 염려도 됩니다.
그러나 담장에는 물구멍도 있고
바람구멍도 있으니
너무 주저하지는 말아야겠습니다.
내 마음에도
소통의 숨구멍 한 자락 열어놓고
나지막한 하루를 시작해 보렵니다.

견디는 힘

옹이가 많은 나무 탁자가 왠지 안쓰럽습니다.
상처를 갖고 견디며 살아온 시간이 느껴져서일까요.

나무옹이는 죽은 가지의 조직 주위를
새로운 세포조직이 감싸면서 생긴다고 합니다.
살면서 큰일을 겪어내고 새살을 만들며 견뎌온 거지요.
나무는 이를 내치지 않고 한 몸으로 같이 살아냅니다.

그러나 사람의 생각은 나무와 다르니
옹이 많은 나무는 좋은 재료로 인정해주지 않습니다.
물론 다른 나무와 결이 다르고 뒤틀어지는 각도도 달라
상품성이 떨어진다니 이해는 합니다.

그러나
다른 이들과 다르게 성장해간다는 것은
더 많은 노력과 고통이 따르는 일 아닐까요.
그것을 인정하고
내보이기 시작할 때 우리는 감동합니다.

온실 속의 화초와
야생의 나무는 다를 수밖에 없습니다.
비바람을 맞고 견디며 자라는 나무.
그 나무에 생겨난 옹이.
옹이를 가진 나무는
견디고 견디는 내성의 힘을 가지고 있습니다.

옹이를 가지고 있나요?
그대는
비바람을 견딜 수 있는 내성을 가진 멋진 사람입니다.

삶을 되감을 수 있다면

버리려고 내놓았다가 화들짝 놀라 사진을 찍었습니다.
엄마의 글씨가 남겨져 있네요.
이제는 더 이상 만날 수 없는 엄마의 글씨.
10년 전에, 돌아가신 아버지를 보내드릴 준비를 하면서
엄마가 그러셨어요.
"이 손 아까워서 어떻게 보내나."

아버지는 물건에다 필요한 것들을 세세하게 적어 붙여두셨습니다.
특별히 엄마가 필요하겠다 싶은 물건에는 더 자세히요.
바쁜 나에게도 물론이셨지요.
그러니 집 곳곳에 아버지의 흔적들이 한동안 남아 있었습니다.

이제 아버지는커녕 엄마의 흔적들까지도 사라지고 있네요.
트로트 듣기를 좋아하셨던 엄마가
잊지 않겠다고 적어놓은 카세트 라디오 위 견출지.

되감기
멈추기
시작

아,
삶을
되감고
멈추고
다시 시작할 수 있다면.

이제 다시는 그 어떤 순간도
되감아 멈췄다가 다시 시작할 수가 없습니다.
그저
플레이
플레이.
아무리 아까운 손이 말라가도 그저 플레이.
너무나 좋은 순간이 찾아와도 그저 플레이.
그렇겠군요.
아무리 힘든 시간이 닥쳐와도 그저 플레이.
지나갈 테지요.
나쁘기만 한 것은 없나 봅니다.

여전히 플레이되고 있는 나의 삶 속,
불쑥 엄마가 보고픈 아침입니다.

생명수

생명수

그리고

생명수.

생각 접기

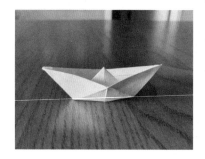

정말 오랜만에
종이배를 접어봤습니다.
아이 초등학교 저학년 이후로 처음이지 싶어요.

갑자기 웬 종이배일까요?

맘이 약간 심란했어요.
속상한 마음에 하고 싶은 말이 목구멍까지 올라왔는데
에이, 그냥 접자.
그래서 접었습니다.

접고 나면 편해지는 것들이 많더라고요.
지폐도 접어야 지갑에 들어가기 편하고

손수건도 접어야 주머니 속에 쏙 들어갑니다.
옷마저도 잘 개켜놓아야 찾아 입기가 쉬우니
마음은 오죽하겠어요.

내친김에 종이배를 접었습니다.
달리 접을 수 있는 것도 별로 없고
종이학은 좀 복잡하니 단순해지고도 싶었지요.

어릴 때 왜 종이접기를 가르칠까요?
단순히 손을 쓰게 해서 지능을 키우려고요?
혹시
접어야 편해진다는 진리를
그때부터 가르치고 있었던 건 아닐까요.

접어야 편합니다.
다 펼치고 살 수 없으니
하다 하다 안 되면
쪼끔씩 아주 쪼끔씩이라도 접으세요.
접으니 편해집디다.

통의 변신

통의 변신은 무죄인가요.

산책 길에 만난 아이들이에요.
동네 골목길을 지나다 보면
아주 쉽게 만날 수 있는 풍경입니다.
무엇이든 직접 키워서 먹고 싶은
부지런한 사람들이 자주 만들어내는 풍경이죠.
올 초에 돌아가신 엄마도 조그마한 땅만 있으면
자식들 먹이려 부지런을 떠셨기에
내게도 늘 익숙한 모습입니다.

여기는 화분에 다라이에 욕조까지 등장을 했네요.
사실 흙이 넉넉히 들어가려면
저만한 아이도 없겠다 싶습니다.

땅은 참 정직하죠.
씨앗을 던져주고 정성을 쏟으면 그만큼 돌려줍니다.
사랑도 그렇겠죠.
노력한 만큼 되돌아옵니다.
눈에 불이 확 켜지는 활화산 같은 사랑일지라도
계속 군불을 때는 수고가 있어야
식지 않고 유지가 됩니다.
큰 욕조가 작은 화분보다 많은 식물들을 키워내듯
작은 그릇보다는 넉넉한 마음들이
더 큰 사랑을 담아내겠지요.

통의 변신은 무죄입니다.
우리 모두가 변할 수 있으니
노력하지 않고 받기만 하는 사랑은 유죄겠지요.

세상 어디에도 없는 한 상

어느 카페에서 만난 다육이 한 상.
어쩜 이렇게 예쁠까요.
모양도 멋도 다른 하나하나가 조화를 이루니
세상 어디에도 없는 멋진 한 상이 차려졌습니다.
혼자도 아름답지만
함께여서 더 아름다울 때도 많지요.

맛있는 밥상을 생각합니다.
싱겁기만 해서도 안 되고

짜기만 해서도 안 되고
알싸한 맛 매운맛
때로는 달콤한 맛 담백한 맛까지 나야
우린 맛있다고 합니다.

지금의 나로 살기까지,
매운맛을 알려주고
뱉어버리고 싶을 만큼 쓴맛을 주기도 하고
이 정도면이야, 라며 견딜 만큼
알싸한 맛을 안겨주기도 하고
달달한 맛도 신맛도 준 사람들이 내게도 얼마나 많은지요….
새삼 모두에게 감사합니다.
덕분에 제가 이만큼이라도 살아내고 있습니다.
이 정도의 맛이라도 내면서요.

* 사진 속 한 상은 속초 '너울집 카페'에 차려져 있습니다.

마음 반사경

후미진 골목이나 시야 확보가 어려운 곳에
세우는 도로 반사경이에요.
사각지대에서 안전하게 운전하도록 도와주니
이런 게 없을 땐 어떻게 살았나, 감사하죠.

마음에도 반사경이 있다면 얼마나 좋을까요.
잘 보이지 않는 내 마음의 깊은 곳까지
속 시원히 볼 수 있도록.
당신 마음의 까마득함까지 읽어낼 수 있도록.
그래서 부딪히는 사고가 나지 않도록.
마음 반사경이 있다면 얼마나 좋을까요.

혹시 이미 있는 거 아닐까요.
이미 있는데
깨끗하게 닦아주지 않은 탓에 먼지로 자욱해져
안개 가득한 날처럼 보이지 않는 건 아닐까요.

탐욕

시기

원망

미움

다툼

오늘은 내 시야를 흐리게 하는 온갖 것들을 걷어내고
반사경부터 찾아봐야겠습니다.

마음 반사경.

너를 존중하는 법

뱀을 봤어요.
시골 동네를 산책하다가
벌레에 많이 상한 복숭아나무를 쳐다보며
발길을 돌리다 깜짝 놀랐습니다.
1미터는 족히 넘을 크기의 뱀을 만났어요.
엄마야!
올해는 장마가 길어 뱀이 자주 등장했다는 기사를 접한 적은 있지만
그냥 동네고 시멘트 바닥이었는데.
사진은 찍지 않았습니다.
굳이 담고 싶지 않았어요.
물론 얼른 발길을 돌렸지요.
어르신들 많이 쉬기도 하는 골목이었는데….

문제는 그다음부터입니다.
산책에 나설 때면
하늘도 나무도 새도 풀도 곤충도 두루 보고 다녔는데
나도 모르게 풀에서 멀리 떨어진 채
바닥만 보게 되더라는 겁니다.
아주 한동안요.

자라 보고 놀란 가슴 솥뚜껑 보고 놀란다더니
뱀 보고 놀란 나는 고무호스만 봐도 놀랍니다.

이런 걸 트라우마라고 하죠.
사실 이 정도는 애교로 보일 정도로
우리 주변에 많은 트라우마들이 있습니다.
삶을 송두리째 흔들어버리는
큰 사건에 휩싸이는 경우도 있고,
몇 년쯤 지나면 견디어지는 그런 일들도 있습니다.

'나는 괜찮은데 너는 왜 그래?'
'그 정도 했으면 됐잖아.'

어떠한 사연 앞에 누구도 쉽게 얘기할 수 없습니다.
생김새가 모두 다른 것처럼
우리가 느끼거나 받아들이는 정도는 무척이나 다양하니까요.
난 도저히 할 수가 없는데
난 도저히 이해도 안 되는데
난 도저히 견딜 수가 없는데….
하란다고 그냥 되나요.

공감할 수 없다면 가만히라도 있으면 좋겠습니다.
훈수라는 이름으로 일일이 참견하지 않아도
충분히 힘든 경우가 많으니까요.

몇 년 전에 몸이 많이 아팠습니다.
주변에서도 정말 안타까워하며 많은 도움들을 주셨어요.
찾아와 기도해주고 회복하라며 몸보신도 시켜주고.
또 병에 대해서 공부하고 이런저런 조언들을 해주기도 하며
정보들을 물어오기도 했습니다.
정말 감사했습니다.

그런데요,
그때 나는 그 병을 파고드는 게 싫었습니다.
구태여 의학적인 것까지 파고들어
더 상세히 알고 싶지 않았어요.
피할 수 없으니 치료를 열심히 했는데요,
내 방법은 의료진의 얘기를 잘 듣는 것이었어요.
정말 착한 환자로 살았습니다.
덕분에 빠른 속도로 회복이 되었지요.
도와주신 분들께는 여전히 감사드립니다.

그러나
나는 그랬다는 얘기를 하는 거지요.

사람마다 다릅니다.
기쁨을 받아들이는 것도
슬픔과 아픔을 수용하는 것도.

그냥 다 나처럼 살아라 할 순 없습니다.
너를 있는 그대로 존중하는 것.
오늘도 산책 길에서 가스 호스를 보고 놀란 내가
되짚어 보는 묵상입니다.

뱀 본 날은 진짜 놀랬습니다!

눈사람

올라프가 생각나는 눈사람.

영화 「겨울왕국」을 만나기 전에는
모자 쓰고 수염 단 눈사람이 떠올랐는데.

무엇을 경험하고
누구를 만나느냐가
그 사람의 세상입니다.

일상이라는 작품

어머나
세상에
엄청나게 큰 무당벌레네요.
자세히 보니 돌멩이에 그림을 그린 거군요.

떨어진 덜 익은 감이에요.
이 아이들을 모아서 돌멩이 위에 올려놓으니
그 자체가 또 하나의 작품이 되었습니다.

별거 아닌 것들도 누가 만지냐에 따라서
이렇게 작품이 되네요.
나태주 시인의 「풀꽃」이란 시가 떠오릅니다.

자세히 보아야 예쁘다.
오래 보아야 사랑스럽다.
너도 그렇다.

가지치기

소나무가 온통 가지치기를 당했네요.
왜 가지치기를 당했는진 모르겠지만
우린 가지치기의 장점을 익히 알고 있습니다.
유실수들은 튼실한 과실을 얻기 위해
다른 나무들은 튼튼하게 키우기 위해
또는 더 멋스러운 모양을 위해.

가을 나무들도 낙엽을 다 떨구지 않으면
새봄에 건강한 초록 잎들을 내지 못한다고 합니다.

채워야 할 때도 있지만,

떨구고 버려야 할 때가 있습니다.
좋은 것들을 채우기 위해선 먼저 잔을 비워야 하지요.

나이 들며 좀 더 단순하게 살고 싶다는 얘기를 합니다.
그러나 여전히 내게는 가진 것들이 참 많이 있네요.

버려야겠습니다.
아니 비워야겠습니다.
욕심도
쓸데없는 고집도
고정된 나의 생각도
그리고 여전히 꽉 차 있는
나의 서랍장들도.

더 멋진 나로 살기 위하여.

마음속 표지판

어떻게
잘 가고 계세요?
가지 말라는 데 가지 않고,
가라는 사인을 만나면
그곳으로
잘 가고 계세요?

이 정도의 표지판만 있다면
어찌어찌 갈 수 있을 것 같지 않나요?

당신 마음속 표지판에 귀를 기울이세요.
그냥 가기만 하면 될 때는 도로에도 특별한 표지가 없잖아요.
당신의 마음에도 별일 없다면 잠잠할 거예요.

그러나
신호가 딱 뜨면
잠시 멈추고 귀를 기울이세요.
속도만 줄여도 큰 사고는 안 납니다.
가지 말라면 가지 마시고
들리는 신호로 마음의 안전을 지켜주세요.

채우는 사랑

사랑하는 이들이 만들었을 조개 하트.
바람에 날아갔을 한두 개를 다시 채워 넣었습니다.
무너져 있는 사랑은 아프니까요.
사랑에 빠진 사람은 무엇을 보든 사랑으로 보입니다.
어떠세요, 당신은?
당신도 그러신가요?
새롭고 좋은 것만 보면 그가 생각나시나요.
맛있는 것만 먹어도 그녀가 생각나시나요.
당신도 사랑하는 사람이군요.
그가 연인이든 배우자든
그녀가 부모든 자식이든.
사랑은 나를 가건물이 아닌
든든한 기초를 가진 건물로 만들어줍니다.
웬만한 비바람은 거뜬하게 막아주는 튼튼한 건물로요.

삭막하게 빈 모래사장에서 만난 조개 하트.
직접 만들지 않았어도 나를 기분 좋게 만들어주네요.
이 따뜻함을 당신께도 전하고 싶습니다.

잠긴 시간의 문

강원도 인제군 원대리에 있는
지금은 폐교된 분교.
'국민학교'라는 팻말에서 세월이 느껴집니다.
이제는 아이들의 떠드는 소리도
선생님들의 훈화 소리도 들리지 않습니다.

몇 년 전 인제 자작나무숲에 갔었는데요.
내친김에 더 내려가다 우연히 만났어요.

나름 유명한 곳인지는 나중에야 알게 됐네요.
유명해 봤자 워낙 깊은 곳에 있으니
다른 사람들을 만날 수는 없었습니다.

온전한 고요함.

화전민들이 모여 살았다는 이곳에도 학교가 필요해 지었지만
결국은 서른 명 남짓한 아이들만이 이 학교를 다녔다네요.
이제는 어느새 역사 속으로 사라졌습니다.

가끔 교실 문이 열려 추억 속의 교실을 만날 수도 있다지만
내가 갔을 땐 잠긴 문이었어요.

저 문을 열고 들어가면
어린 내가 있을까요.
아름다운 소리가 나던 풍금도 울릴까요.
선생님과 같이 만들었던 교실 미화품도 그대로 있을까요.

그래도 반가운 건
잠겼어도 문이 있다는 거였습니다.

지금은 잠겨 있지만 언젠가는 열릴 테니까요.

문은
기대입니다.
비록 닫혀 있어도
언젠간 열린다는 소망입니다.

한적한 시간의
잠긴 문.

어떠한 경우에도
문은 가지고 있어야겠다 싶었습니다.
이런저런 이유로
닫히는 때도 있겠지만
그래도 문마저도 없애진 말아야겠다 생각했습니다.

* 원대국민학교 회동분교는 1993년에 폐교되었습니다.

이 순간을 나눕니다

시와 음악이 있는
정애리의 시 콘서트

1,000회가 넘도록 방송을 진행하면서
참 좋은 시를 만났습니다.
당연히 사람들도요.

흔히들 그랬듯이
국어 시간에 외워야 할 시험 문제로 만났던 '시'가
살아서 내 안으로 걸어온 시간이지요.

같이 웃고
같이 울고

같이 파이팅하고
같이 토닥이던 시간.
내게 담긴 그 시간들을 어찌 다 풀까요.
그저 몇 편만 여기에 나눕니다.
익숙한 시들로요.

내게 그러했듯이 당신에게도
마음 한 자락 쉬어가는 시간이기를.
달콤한 초콜릿 한 조각으로 내밉니다.

행복의 목적지

내가
행복했던 곳으로 가주세요

-박지웅, 「택시」

너무나 간결하게 짧은 시죠.

간혹 생각합니다.
내가 가고 싶은, 행복했던 곳은 어디인가.
되돌아가고 싶은 시간.
결국 시간의 문제겠네요. 장소보다는.

열심히 살았습니다.
치열하게 살았어요.
좋은 일 한답시고 몸 부서지는 것도 모르고
죽어라 살았습니다.
그래서 사람들을 살릴 수 있음에 감사했고 행복했습니다.
그럼 난 그곳으로 가고 싶은 건가요.

사실대로 말하자면 특별히 돌아가고 싶은 시간은 없습니다.
그럴 수 없다는 걸 이미 머리에서 알아버린
까닭인지는 모르겠으나 그렇습니다.
예전에는 이런 말을 자주 하곤 했었지요.
반성을 할지언정 후회는 안 한다고.
같은 맥락일 겁니다.
후회해 봤자 소용없다는 걸 잘 아니까요.
그러고 보니 요즘은 그 말도 잘 안 하고 사네요.
말의 무서움을 아니 철이 드나 봅니다.

지나간 날들의 모든 시간들.
그것들이 지금의 나를 만들었다고 생각합니다.
때로는 성공이
때로는 가슴 치는 실패가 다 모여
지금의 나를 이루는 거지요.
견디는 것까지도 배우게 했으니까요.
단지
알게 모르게
나로 인해 상처받은 사람들이 있다면
그것만은 어떻게든 다시 만지고 싶네요.

미안합니다.
죄송합니다.
내가 행복했던 곳.

나는 그곳을 '지금'으로 만들고 싶습니다.
지금 여기에서 행복하게 살아
계속 계속 행복했으면 좋겠습니다.

내가 타는 택시의 목적지는
지금 여기였으면 좋겠습니다.

02

깊이를
더해가는
삶

내가 나를 가두는 날

한눈팔고 사는 줄은 진즉 알았지만
두 눈 다 팔고 살아온 줄은 까맣게 몰랐다

언제 어디에다 한눈을 팔았는지
무엇에다 두 눈 다 팔아먹었는지
나는 못 보고 타인들만 보였지
내 안은 안 보이고 내 바깥만 보였지

눈 없는 나를 바라보는 남의 눈들 피하느라
나를 내 속으로 가두곤 했지

가시껍데기로 가두고도
떫은 속껍질에 또 갇힌 밤송이
마음이 바라면 피곤체질이 거절하고
몸이 갈망하면 바늘편견이 시큰둥해져
겹겹으로 가두어져 여기까지 왔어라

—유안진, 「내가 나의 감옥이다」

마음이 아주 불편한 날이 있지요.
딱히 뭐라 하는 사람도 없는데
마음을 한곳에 주지 못하고 짜증과 불안이 가득한 날.

들여다보면 대개는
내가 나를 가두는 날입디다.
누가 나를 가둔 것도 아닌데
왜 그리 자유롭지 못하고
대양의 배가 지나간 흔적을 찾듯이
공중에 새가 날아간 자국을 찾듯이
바람이 지나간 자국을 찾듯이

보이지도 않는 것들에 마음을 담아
고통받고 있는지.

삶은 어차피 셀프인 것을.
나를 제어하는 것들이 안 그래도 많은 세상,
나마저 나를 가두지는 말아야겠습니다.

딱, 김밥처럼만

김밥.

김과 밥 그리고 반찬까지 한꺼번에 들어 있어

손쉽게 먹을 수 있는 음식이죠.

요즘 김밥은 더 다양해져 무엇이 들어가도 정답이 됩니다.

그냥 김밥, 멸치 고추 김밥, 참치 김밥에 스팸, 계란, 날치알 등등.

사진 속 김밥에는 아주 매콤한 오징어채도 들어 있어

입맛을 자극하네요.

모양도 다양합니다.

작게 만들면 꼬마 김밥

삼각형으로 만들어 삼각 김밥.

김밥 전문집들은 또 얼마나 많은지요.

재료가 화려해지면서

감히 사 먹지는 못할 것 같은

1만 원짜리 김밥도 등장했다는 얘기도 들었지만

김밥을 요리라고는 하지 않습니다.

3,000원이면 온전히 자기를 내어주니까요.

개인적으로 김밥을 좋아합니다.

아침 일찍부터 움직일 때

차 안에서 간단히 먹기도 편하니 더더욱 가까이 하게 됐죠.

김밥도 간편식이지만 이상하게 햄버거 같은 음식보다는
좀 더 건강하다는 생각이 드는 건 저뿐일까요.
여하튼 이런 음식이 있다는 건 참 감사하죠.

김밥을 싸본 사람은 압니다.
얼마나 많은 품이 들어가고
또 얼마나 많은 양의 밥이 들어가야 하는지를.
예전에는 김밥집이 지금처럼 다양하지 않아서
김밥을 먹는 날은 가족 중 누군가 소풍을 가는 날이었죠.
엄마는 가족들 모두가 먹도록
큰솥에 밥을 해서 김밥을 여러 줄 싸셨습니다.
이쁘게 잘라 도시락에 담고
식구들 먹도록 따로 접시에도 담아두셨지요.
가장 인기가 있었던 건 양쪽 끝 꽁다리.
소풍이 즐거운 이유에는 여러 가지가 있겠지만
엄마가 싸주시는 김밥이
큰 자리를 차지한 것도 사실이었습니다.

간혹 엄마가 바빠 김밥을 싸 갈 수 없는 날에는
얼마나 슬펐던지요.

한 줄 후딱 사 갈 데도 없고요.
게다가 그날은 엄마의 솜씨를 자랑하는 날인데….
이것저것 넣어 화려한 김밥을 싸 간 날은
괜히 우쭐한 마음이 들기도 했습니다.

이제는 주머니를 열면 어디서든 쉽게 살 수 있고
예전과 다르게 마트에도 다양한 김밥용 재료들이 있어
집에서도 용이하게 만날 수 있는 김밥이지만,
김밥.
여전히 설레는 단어입니다.
맛도 있는 것이 가성비도 좋으니
세상에 이런 음식이 또 어디 있을까요.
거기에 추억이란 단어까지 덤으로 얹어주니.

흔하디흔한 김밥이 되어버렸지만
김밥처럼만 살아도 좋겠다 싶습니다.
누군가의 허기를 든든하게 채워주고
잔뜩 웅크리고 있어 내게도 다가오기 어렵지 않게.
김밥 옆구리 터지는 소리가 아니고
김밥 맛있게 먹다 불쑥 터지는 내 마음의 소립니다.

호박꽃처럼 예쁜 당신

이쁘죠.

호박꽃이에요.

꽃 중에 이처럼 대접을 못 받는 아이가 있나 싶네요.

못생김을 표현하는 단어로 쓰기도 하니까요.

호박꽃도 꽃이더냐.

그럼요, 꽃이죠.

실제로 보면 참 예쁩니다.

커다란 노란 별을 만난 것 같아요.

호박은 우리에게 얼마나 많은 것들을 제공해주나요.

맛있는 열매로 매일 우리의 밥상을 푸짐하게 해주고요,

여름에 먹는 호박잎쌈은 나를 순식간에 고향으로 데려간답니다.

주황으로 익은 늙은 호박을 보면 꼭 엄마를 만난 것 같고요.

그런데 호박꽃이 없으면 이 모든 것들을 만날 수가 없잖아요.

곰곰이 생각해 봅니다.

왜 호박꽃은 꺾어서 화병에 꽂아놓고 싶다는

생각이 들지 않을까.

내가 내린 결론은

호박은 꽃보다는 열매의 이미지가 강하다는 겁니다.

꽃은 꽃이고 열매는 열매.
호박꽃 입장에선 서운할까요.
다행히도 꽃말이 포용, 해독, 사랑의 용기
그리고 관대함도 있다네요.
절로 고개가 끄덕여집니다.
아 진짜 그렇겠다,
저 아이는 다 품어줄 것 같다.
이렇게 꽃말과 꽃이 딱 떨어지다니.

호박꽃,
너 참 예쁘다!
당신,
당신도 참 예쁘다!

실패를 쌓는 시간

정성을 담아 쌓아 올렸을 돌탑이에요.
물을 먹어 더욱 정갈해 보입니다.

한 올 한 올
하루하루
쌓아가는 시간.
연기자로 살아온 시간이 어느새 40년이 넘었습니다.
시작할 때는 이렇게까지 올 줄 생각도 못 했지요.
그저 감사한 시간들.
이제는 나보다 더 많은 시간들을 쌓아오신
수많은 선배님들이 참으로 존경스럽습니다.

닮아가고도 싶고요.

새로 시작한 드라마의 첫 연습 시간이 되면
상견례 겸 각자의 각오를 나눕니다.

'누구누구입니다. 잘 부탁합니다.'
'열심히 하겠습니다.'
'최선을 다하겠습니다.'

가장 많이 나누는 인사입니다.
최선, 당연히 최선을 다해야지요.

나 스스로도 매사에 최선을 다하는 게
가장 중요하다고 생각했었습니다.
최선을 다했는데 잘 안 되는 건 용서가 되어도
최선을 다하지 못했다는 생각이 들면
스스로에게 부끄러웠으니까요.

그러나
최선을 다했는데도 일이 잘 풀리지 않은 경우도 참 많습니다.

아니 어쩌면 죽어라 했는데도 잘 안 되는 경우가 더 많지요.
지금 서 있는 자리도 최선이 아닌
차선의 자리가 이어진 것일 때도 있습니다.

어렸을 때 무용을 했지만 건강이 나빠져 쉬고 있다
찾아온 기회에 탤런트가 됐습니다.
그때 아프지 않았더라면 무용 전공자가 됐겠지만
연기자는 글쎄요.

야구선수도 3할이면 훌륭한 선수라고 하면서
왜 우린 끊임없이 계속되는 성공이 아니면 실패라고 할까요.
여러 번의 크고 작은 실패가 지금의 나를 만들어온 것 아닐까요.

최선도 좋지만
차선도 좋습니다.

운전을 하다 보면 내비게이션이 가르쳐준 길을
지나칠 때가 있습니다.
그럼 또 다른 길을 통해 목적지에 다다르지요.
조금 돌아가도 괜찮습니다.

조금 늦어도 괜찮습니다.
우린 결국 도착하니까요.

최선을 다하셨나요?
좋습니다.
잘하셨어요.
차선을 선택하셨나요?
그것도 괜찮습니다.
수고하셨어요.
그도 저도 아니고 밀려서 오셨나요?
어떻습니까.
그래도 오지 않았습니까.
애 많이 쓰셨습니다.

당신은 살아 있습니다.
그거면 된 거지요.
우린 또 길을 걸어가면 되니까요.

살아내는 풍경

열일하고 있습니다.
그저 호수에 떠 있는 한가로운 오리들인 줄 알았는데.
가까이 당겨 보니
살아가기 위해 열심이에요.
꽁지까지 하늘로 쳐들고.

멋진 풍경처럼 보이는 그 누구라도
가까이 당겨 보면
살아내느라 애쓰고 있겠지요.

그대의 살아내는 오늘도
멀리서 보면 풍경입니다.

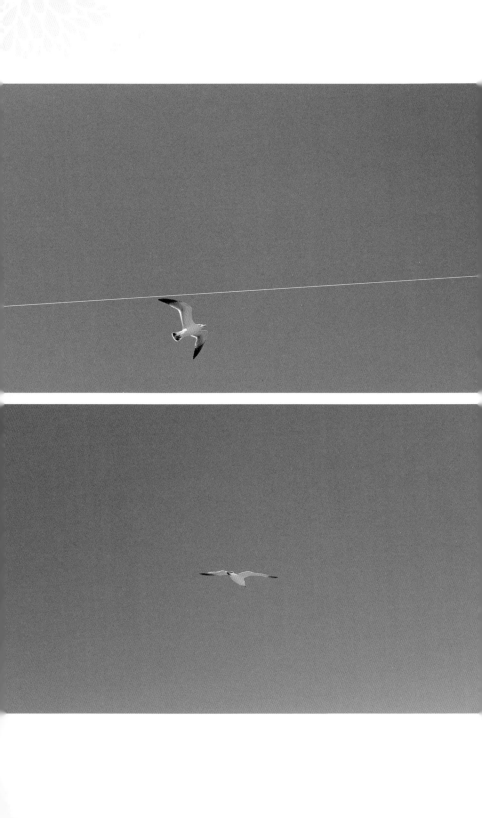

당신이 높이 날아오를 때

높이 날고 있나요?
높이 날고 싶은가요?

얼마나 많은 시간과 노력으로 저 높이 날아올랐을까요.

내려오지 않으려면
여전히 날갯짓도 해야겠지요.
때로는 힘 빼며 유영도 하고요.

기억하세요.
높이 날고 있는
당신의 배를
아래에서는 볼 수 있습니다.

과정도
중요합니다.

인생의 리듬에 맞춰

길을 걷다 지칠 때
어디선가 들려오는 신나는 음악 소리.

댄스 댄스 댄스
둠칫 둠칫 두둠칫

내딛는 발걸음에
힘이 실립니다.

인생길 걷는
당신의 발걸음에
힘을 실어주는
음악 같은 이는 누구인가요.

당신에게 필요한 말

행복하세요!

온 맘으로
응원합니다.

나와 만나기

침묵 예능이라는 게 있더군요.
이런저런 사연을 가진 사람들이
어떤 오해를 풀기 위해 마주 앉아
서로의 눈을 바라보며
눈으로 얘기하고 다시 대화하기.
TV 프로그램은 너무 시끄럽다 싶은 게 보통이었는데
얘기를 안 하는 TV 프로그램이라니.
연출인지 아닌지 나는 잘 모릅니다.
그러나 둘이 마주 앉아 눈만 바라보기.
생각보다 쉬운 일은 아니니 신선했습니다.

눈 바라보기.
영성 수련할 때나 부부 교육에서 자주 쓰는 방법이죠.
가끔 딸아이랑 서로의 눈을 바라볼 때가 있습니다.
이상하게 그럴 때마다 누가 먼저랄 것도 없이
눈물을 흘립니다.
그냥 그렇게 되더라고요.
많은 생각들이 스치면서.
고마운 마음
미안한 마음.

눈을 깊게 바라본다는 건
서로에게만 집중하는 시간이니 참 좋단 생각이 들어요.
우린 늘 바쁘게 살아가는 현대인들이잖아요.
아니, 바쁘지 않아도 시선이 온통 아래를 향합니다.
스·마·트·폰
누군가 나를 계속 바라보면 긴장이 되던데요,
우리가 그렇게 뚫어져라 바라보니
폰들은 부끄럽지 않은지 모르겠어요.

눈을 보고 살면 좋겠어요.

아침에 거울을 봤습니다.
내 눈을 바라보았습니다.
뭐, 연기하는 사람이니 다른 사람들보단
거울을 더 자주 보는 건 사실이겠지요.
그러나
연기하지 않는 정애리의 눈을 봤습니다.
그리고 말을 건넸습니다.

애리야
아이고
애썼어 애 많이 쓰고 살았어
잘했어 너 정도면 엄청 잘한 거야
너무 고생시켜 미안해
아이, 너무 많이 써서 시력도 나빠졌구나
그것도 나쁘진 않네, 주름이 덜 보여
그래도 이쁘다
넌 애리야

그리고
나를 위한 눈물을 떨구었습니다.

남들과 잘 지내는 것도 중요하지만
나를 다독이고
바라봐주는 것,
더 자주 해야겠습니다.
얼마나 애쓰고 살고 있는데요.
아시잖아요, 당신도 그렇게 살고 있으니까요.

그저 물처럼

비가 내리자
공원 바닥에 물이 고였습니다.
어릴 땐 물웅덩이만 봐도 발을 담가
첨벙 하고 물장구를 쳤었지요.
모든 게 다 장난감이던 시절.
이제는 무엇 하나 흩트리기가 주저됩니다.
철이 든 걸까요.
겁쟁이가 된 걸까요.
차라리 전자이고 싶습니다.

역시 물은 자기 성품대로 모든 것을
그냥 다 받아주고 있네요.
낙엽도
또 살짝 얼굴을 들이민 나무도.
맞아요.
물처럼만 살면 좋겠다는 생각을 많이 합니다.

자기의 길을 묵묵히.
그러나 쉬지 않고 끊임없이.
자기 목적지를 향해 갑니다.
도려낼 수도
잘라버릴 수도 없습니다.
열이 가해지면 수증기로 변신하기도 하고
장애물을 만나면 돌아서라도
때론 스스로 스며들어 안고서라도
자기의 길을 갑니다.

그러나
다 품으면서요.

그러니 강한 거지요.
자기 색을 거세게 주장하진 않으나
여전히 그 속에 존재하는 물.
그렇게 물처럼 살고 싶습니다.

우린 물 없이는 살 수가 없습니다.
우리나라도 이미 물 부족 국가고요.
전 세계가 물 때문에 허덕입니다.
아주 많은 땅들이 이미 사막화가 되고 있고요.

이렇게도 필요하고 감사하고 배울 것도 많은 물.
그런데 왜 '물 같은 사람'은 칭찬처럼 안 들릴까요?
나만 그렇게 생각하나요?

진정 물처럼 살고 싶습니다.

홀로 선 그대에게

고고히 홀로 앉아
무엇을 바라보고 있을까요.
무리와 함께 있고 싶다, 그리워할까요.
너희랑 나는 달라, 편 가르기 하고 있을까요.

혼자만의 시간은
반드시 필요하지만
혼자만으론 잘 살아갈 수 없습니다.

그대
혹시 혼자인가요?
내가
먼저 마음 내밀게요.
쭈뼛거리지 말고
한 발짝씩만 다가오세요.

하모니의 조건

밤새 비가 내렸습니다.
올여름은 끊이지 않고 비가 내리네요.
들리는 빗소리에 수해를 입은 분들의 얼굴이 지나갑니다.
부디 그치기를….

소리가 자꾸 변합니다.
커졌다가 작아졌다가
요란하다 잠잠하다,
내리는 세기에 따라
부는 바람의 방향에 따라
부딪히는 사물에 따라
소리가 다 다르게 들립니다.

그렇지요.
흐르는 물도 부딪치는 상대에 따라 소리가 달라지듯이
우리도 누구를 만나느냐에 따라 내는 소리가 달라지겠지요.
서로가 조화로워 멋진 하모니를 이루기도 하겠지만
각자의 소리만 요란해 듣기 싫은 불협화음을 만들기도 할 겁니다.

누구를 만나느냐
내가 어떤 누구가 되어주느냐
피차가 내는 소리이니
부디 말랑해진
멋진 하모니를 이룬다면 참 좋겠습니다.

비가 멈췄네요.
조용해졌어요.
때론 상흔이 생기지만,
멈추지 않는 비는 없습니다.
우리의 비가 하루 빨리 멈추기를
그래서 생채기가 깊지 않기를 기도합니다.

잃어버린 골목길의 추억

시골 동네 길.

전봇대에 기댄 줄이 그리 많지 않은 걸 보니

큰 동네가 아니구나 싶습니다.

웃기네요.

동네 길을 돌다가 기분이 좋아져 사진을 찍고

동네 평까지 하고 있습니다.

비 온 뒤여서인지 바닥도 촉촉하니

더욱 정갈해 보이기도 합니다.

어디를 가도 이런 풍경을 만나면 갑자기 추억이 고픕니다.

어릴 때 시골에 살았던 나는(그래 봤자 읍이었는데요)

왠지 이런 동네를 보면 그저 마음이 편안해집니다.

아홉 살 때 이사 온 서울은

여기보다 더 복잡하고 떠들썩했지요.

집은 다닥다닥 붙어 있고,

누구네 숟가락이 몇 개인지까지 알고 있다는 말처럼

이 집 저 집 비밀이 없었습니다.

앞집 부부 싸우는 소리

공부 못했다고 매 맞고 우는 옆집 머스매 소리.

아이들은 너도 나도 다 친구고

어르신들은 누구 할 거 없이
할머니 할아버지 이모 삼촌이었죠.
다들 어떻게 살고 있을까요.
이름도 얼굴도 기억나지 않는 그 아이들은
지금 어떤 모습일까요.
혹시라도 지난한 삶에
너무 지치지는 않았나 모르겠습니다.

"밥 먹어라!"
엄마 목소리가 들리는 것만 같은 골목길.
빈 골목에 한동안 길 잃은 아이처럼 서 있습니다.

아아
내가 잃어버린 것은
가슴속에 가득 차 있던 추억을 꺼내 보는 일이었습니다.
센티해져 보는 일.
바쁘다는 핑계로 건드리지 않았는데,
역시 손대면 안 되는 금기사항이었나 봅니다.
천천히 걸어도 되는데
뭐가 그리 급해 달리기만 했을까요.

어린아이처럼 꺼이꺼이 울음을 토해내며
천천히 걷습니다.

밥 짓는 냄새가 나는 것도 같습니다.

세월타기

어릴 때 마당에는 늘 평상이 있었습니다.
대나무로 엮어 만든 평상에 누우면
닿는 곳마다 자국이 생겼죠.
엄마 무릎을 베고
'구름도 울고 넘는 울고 넘는 저 산 아래' 하며
가요를 따라 부르기도 했고
저녁이면 빨랫줄에 걸친 모기장 안에서
옥수수 같은 간식을 먹기도 했으며
작은아버지가 주신 용돈으로 빌려 온
만화책을 읽기도 했습니다.*

공동주택에서 생활한 지가 오래된 나에게
동네 어귀에서 만난 평상이 시간을 훌쩍 되감아버리네요.

행여나 손녀 모기 물릴 새라
쉴 새 없이 움직이셨던 할머니 손길도
오빠들을 줄 세워 등목을 해주시던 아버지도
맛깔스레 식구들의 먹성을 채워주셨던 엄마도
이제는 추억의 책장 속으로 넘어가버렸습니다.
멋쟁이 작은아버지조차도….

떠나보낸 것도
떠나온 것도 아닌데
시간은 흐르네요.
잡는다고 잡히지도 않고
때론 빨리 가달라고 재촉을 해도 제 속도로 가는 시간.

서퍼들이 파도타기를 하듯이
평상을 보드 삼아
세월타기를 해봐야 할까요.
몸을 가볍게
둥실 두우둥실.
같이 가자
두둥실.

* 작은아버지는 고등학교 교사셨는데요, 신기하게도 만화를 빌려오라고 용돈을 주셨
어요. 그래서 멋쟁이 작은아버지로 기억합니다.

연마의 시간

내가 만든 작품들이에요.
물론 이것들 말고도 많이 만들어
누군가의 품에 목에 손가락에 귀에
사랑스런 모습으로 머물러 있습니다.
드라마에서 금속공예가로 분했다가
내친김에 열심히 배웠어요.
디자인하고 만들고 다듬고 포장하고
결혼 예물로 가기도 하고 바자회도 하고
가끔은 경매도 해서 기부금을 마련하기도 했습니다.

모든 작품들이 그렇지만 금속 공예 역시 품이 많이 들지요.
금속이다 보니
잘라야 하고
달궈야 하고
갈아야 하는 시간을 반드시 거칩니다.
정교한 것일수록 이런 시간이 더 필요하지요.
단단하고 귀한 재료일수록 말할 것도 없고요.

우리 사는 것도 별반 다르지 않은 걸요.
잘리는 시간을 겪고 있나요.

당신이 귀해서 그래요.
달궈지는 시간과 마주했나요.
멋지게 변하는 과정이에요.
갈리고 닦이고 있나요.
당신이 빛나기 위해서 그런 거예요.

대단할수록
꼭 필요한 존재일수록

반드시 연마의 시간이
필요하잖아요.

지금은 파이팅의 타임.
힘내세요.
파이팅!

내 맘대로 안 되는 것

사는 게 어떠세요?

지금껏 모든 것이 마음먹은 대로 다 되었나요?

나는 그렇지 않던데요.

젊었을 때는 몇 살까지는 이거하고

몇 살까지는 저거하고, 하며

혼자 마음속으로 계획들을 세우곤 했었습니다.

다른 이들에겐 절대 얘기 안 하고요.

괜히 얘기했다 안 되면 실패라고 생각할까 봐요.

밑밥까지 깔아놓은 거죠.

지금 생각하면 차라리 순진하네요.

물론 어떤 일을 만들어나갈 때 계획을 세워

차근차근 이루어가는 건 아주 중요합니다.

지금 하는 이야기는 꿈을 이루기 위해

준비하고 채워가는 시간을 뜻하는 게 아니라

무조건 될 것 같은, 어쩌면 막연한 자신감을

의미하는 건지도 모르겠네요.

이제는 확실히 압니다.

인생은 내 맘대로 되지 않는다는 거.

이미 오래전부터 알고 있었죠.

당신도 혹시 알고 있지 않나요.
그런데 참 신기해요.
알고 있으면서 왜 계속
맘대로 안 되는 것 때문에 힘들어할까요.
힘드세요? 왜요?
맘대로 안 되어서요?

가만히 생각해 보면 힘든 이유의 대부분은
내가 하고 싶은 대로 되질 않아서잖아요.
나를 누르는 커다란 짐 때문에 힘든 거야
하나씩 내려놓으며 풀어가면 되겠지만,
내 맘대로 안 되어 힘든 거라면
우린 이미 답을 알고 있습니다.

아파 보니 내 몸도 내 마음대로 안 되던데
세상이 어떻게 내 맘대로 돌아가겠어요.
그것 때문에는 너무 힘들어하지 마세요.
세상은요,
인생은요,
내 맘대로 안 됩니다.

또 다른 길

날마다 산책을 하며
뚜렷한 목적 없이
똑같은 동네 길을 걷습니다.
내가 걷는 길은 똑같은데
내게 보이는 길은 똑같지가 않습니다.

벚꽃이 피기도 하고
장미가 피기도 하고
매미가 울었다가
풀벌레가 울었다가.

그렇군요.
저렇게 살아가면 되는 것을.
자연스럽게
아주 자연스럽게
가고 오고
받아들이면 되는 것을.

그저 내 자리를
조금 더 차지하려고

그렇게 애쓰고 살지 않아도 되는 것을.
또 다른 일을 하겠다고
그렇게 빨리 걷지 않아도 되는 것을.

날마다 배움

선생先生

남을 가르치는 사람.
어떤 일에 경험이 많거나
잘 아는 사람을 비유해서 이르는 말.

일반적으로 이렇게 정의를 내리곤 합니다.
어느덧 나도 현장에서 선생님 소리를 듣고 있네요.
요즘은 줄여서들 부르니 쌤.
언뜻 놀라기도 해요.
아이고, 어떻게 내가 이런 위치에까지 와버렸지.
뭐 그렇게까지 잘 아나 싶기도 하고요.
연륜이 짧다고 능력이 없는 것도 아니니
그저 황송할 때도 많습니다.
물론 연륜과 경험에서 얻고 배우는 것들이 참 많습니다.
너무나 귀하지요.
간혹 현장에서 그런 것들을
무시하는 모습을 접하게 될 때면
참 안타깝기도 하고요.

그러나 이미 세상은 엄청난 속도로 변하고 있어
나도 잘 따라가지 못하는 것들도 많으니
내가 알고 경험한 것들이 다 옳고,
전부 답이라고 주장할 수는 더더군다나 없습니다.
후배나 청년 들을 봐도 깜짝깜짝 놀랄 때가 많습니다.
이제는 저런 것들도 다 잘해야 하는구나…
다 잘하고 있구나….
이 시절에 태어났으면 난 어땠을까 싶기도 해요, 솔직히.

20대인 딸아이가 있습니다.
소통하려고 비교적 노력하죠.
그 아이랑 생각이 다를 때도 많이 있어요, 당연히.
처음에는 그런 것들이 나를 불편하게 하더군요.
얘기를 나누다가 나도 모르게 목소리가 떨리기도 하고….
그럴 땐 들키기 전에 적당한 선에서
얼른 마무리를 합니다, 피차에.
잘못하다간 감정까지 상할 수 있으니까요.
그런데 얘기를 끝내고 곰곰이 그 아이의 말을 되새겨 보면
나도 인지하지 못하는 사이에 꽤나 타성에 젖어 있던 걸
발견할 때가 있습니다.

분명 난 먼저 산 사람인데요.

내가 경험했다는 이유만으로

'그럴 거야'가 정답일 수는 없더라고요.

경험이 무조건 옳은 답을 주는 건 아니니까요.

지혜자들이 날마다 배운다는 말에 고개가 끄덕여집니다.

물론 그건 어느 세대든 다 마찬가지로 적용되겠지요.

당연히 삶은 논리가 아니니까요.

나와 다른 것을 인정할 줄 아는 것.

그것이 바로 선생 아닐까요.

나이를 먹으면 두 부류로 나뉜대요.

첫 번째, 포용할 줄 아는 여유가 생기는 사람과

두 번째, 내가 옳고 내가 답이라는 노욕老慾이 생기는 사람.

답은 정해져 있네요.

당연히 첫 번째.

자기가 첫 번째인 줄 알고 있는 두 번째는 어찌해야 할까요,

더 최악일까요?

백발이 아름다운 사람이 되고 싶습니다.

그러나 여전히 속에서 올라오는
'나도 다 해봤어,' '나도 다 안다구.'
많이 죽였는데도 그래도 가끔은 마음속에서 살아 움직입니다.
백발이 아름답기가 이리도 힘이 드네요.

당신의 말을 듣겠습니다.
당신의 마음을 듣겠습니다.
귀 둘,
입 하나.
참으로 어려운 일입니다.

내 안의 뿌리

나무뿌리가 밖으로 올라왔네요.
안에서 치열한 싸움이 있었을까요,
그저 단순히 흙이 쓸려나가 저리 됐을까요.
뿌리는 안에 있어야 하는데
저 나무는 평온할까요.

우리도 속에다 참 많은 것을 담고 삽니다.

그것들이 밖으로 밀고 나와
나와 주변을 불편하고 위태롭게 만들 때가 많이 있지요.
불만
짜증
불안함
등
등
등

저 나무뿌리를 덮어줄 흙이 필요하듯이
우리의 여러 뿌리를 덮어줄 흙도 필요합니다.
관심
배려
칭찬
등
등
등

모든 것들이 제자리에 있을 때
세상은 평화롭습니다.

누가 뭐래도 내 인생

비 좀 맞으면 어때
햇볕에 옷 말리면 되지

길 가다 넘어지면 좀 어때
다시 일어나 걸어가면 되지

사랑했던 사람 떠나면 좀 어때
가슴 좀 아프면 되지

살아가는 게 슬프면 좀 어때
눈물 좀 흘리면 되지

눈물 좀 흘리면 어때
어차피 울며 태어났잖아

기쁠 때는 좀 활짝 웃어
슬플 때는 좀 실컷 울어

누가 뭐라 하면 좀 어때
누가 뭐라 해도 내 인생이잖아

-양광모, 「눈물 흘려도 돼」

어린 나이에 연기자가 되어서
평생 남을 의식하고 살았던 것 같습니다.
그렇게 나를 지키기도 했지만
내게 솔직하지 못하기도 했습니다.

비 맞을까 넘어질까
살얼음판 걷듯 살아온 시간들.
그렇다고 안 넘어진 것도 아니고 비를 안 맞은 것도 아닌데.

누가 좀 뭐라 하면 어떻습니까.
아무도 대신 살아주지 않는 내 인생.
엄청난 피해주지 않고
범죄만 저지르지 않으면 되는 거지요.

활짝 웃고 실컷 웃어야지요.
내 인생이잖아요.

03

실패로
쌓은
지혜

사는 날이 다 공부

'다 공부지요'
라고 말하고 나면
참 좋습니다.
어머님 떠나시는 일
남아 배웅하는 일
'우리 어매 마지막 큰 공부하고 계십니다'
말하고 나면 나는
앉은뱅이 책상 앞에 무릎 꿇은 착한 소년입니다.

어디선가 크고 두터운 손이 와서
애쓴다고 머리 쓰다듬어주실 것 같습니다.
눈만 내리깐 채
숫기 없는 나는
아무 말 못하겠지요만
속으로는 고맙고도 서러워
눈물 핑 돌겠지요만.

날이 저무는 일
비 오시는 일
바람 부는 일

갈잎 지고 새움 돋듯
누군가 가고 또 누군가 오는 일
때때로 그 곁에 골똘히 지켜섰기도 하는 일

'다 공부지요' 말하고 나면 좀 견딜 만해집니다.

–김사인, 「공부」

공부는 어릴 때만 하는 건 줄 알았습니다.
어서어서 자라면
공부랑은 빠이빠이 하는 줄 알았지요.
그래서 어른이 되고 싶었습니다.

사는 일 날마다가
공부라는 걸
어찌 알았을까요.
나이를 먹을수록
공부의 깊이가 깊어져야 한다는 걸
그래야 그나마 견디며 살 수 있다는 걸.

'다 공부지요.'

하늘로 가는 날에는
내 삶의 박사모를 쓸 수 있을까요.

고요한 마음

속초의 영랑호입니다.
호수이니 당연히 바다나 강 같지는 않겠지요.
잔잔합니다.
그런데요,
참 이상했습니다.
어떻게 이렇게까지 잔잔할 수 있지요?
바람이 없으니 당연한가요.

물결이 있어 아름다울 때도 있지만
스스로 잠잠하다 보니 다른 아이들을 고스란히 담아냅니다.
나의 물결무늬로 하늘을 흩트리지도 않고
나의 출렁임으로 산도 바위도 잘라내지 않습니다.

내 마음이 이랬으면 참 좋겠습니다.
그저 고요해서 상대를 있는 그대로 담아낼 줄 아는 마음.
오늘 잔잔한 영랑호에서 또 한 수 배웁니다.

깜냥의 크기

깜냥도 안 되는 것이….

몹시 '디프레스'되는 날.
나도 모르게 속에서 불쑥
'혹시 내가 깜냥도 안 되는데 한다는 거 아닌가?'

깜냥?
그건 누가 정하는 건데?
네가 하면 그게 네 깜냥이야!

그래.
맞아, 그렇지 뭐.
왜 그렇게 너한테 박하게 구냐?

에라,
나가서 좀 걷고 오자.
운동화 끈 고쳐 맵니다.

* 사진은 이른 봄에 지천으로 피는 새끼손톱보다 작은 '꽃다지'입니다.

치대기의 기술

빵을 좋아합니다.

국수류도 좋아합니다.

네,

결국 밀가루 음식을 좋아합니다.

많이 먹는 게 건강에 그리 좋지는 않대서

요즘은 조심하며 먹어서 그렇지 엄청 좋아했었습니다.

예전엔 빵도 칼국수도 집에서 반죽해

많이 만들어 먹었었는데….

이 아이들을 만들려면 먼저 반죽을 해야 합니다.

밀가루와 물을 적당히 섞어 치대야 하지요.

밀가루와 물은 처음부터 어우러지지 않습니다.
조금씩 조금씩
섞이는 걸 봐가며 서로의 양을 조절하고
정성을 가지고 이리저리 쳐대야 말랑해집니다.
그뿐인가요.
날것 냄새까지 없애려면 숙성도 시켜줘야
맛있는 음식을 만들 재료가 되지요.

밀가루 반죽 하나만 해도 이런데,
어마무시한 삶을 살아내려면
얼마나 많은 치댐이 필요할까요.
때로는 나 죽었소, 하는 견딤의 시간이 있어야
내가 생각지도 못했던
근사한 빵도 국수도 되겠지요.

오늘 나는 또 얼마나 치대지며 말랑해질까요.
그대는 말랑해질 준비가 되어 있나요.
세상에 공짜는 없습니다.

기다려주고 믿어주기

반려견 '호야'가 대사를 외우나요?
식탁에 앉아 대본을 보다가 잠시 자리를 비운 사이
호야가 냉큼 올라앉았어요.
녹화 전날이면 간혹 벌어지는 풍경입니다.
촬영장에 가면서 대사를 외워가는 것은
군인이 전장에 총을 가져가는 것과 같겠죠.
40년 넘게 연기를 했고 많은 작품들을 했으니
얼마나 많은 대사들을 외웠을까요.
또 얼마나 많은 이야기들을 지웠을까요.
연기자를 만나 가장 많이 하는 질문이
"대사를 어떻게 외우세요?"입니다.
누구는 웃으며 얘기하죠.
"입금되면 다 외워요."
정말 웃자고 하는 얘기죠.
입금되면 외워진다고 해도 저절로 되는 건 아니니까요.
정말 한참 대사를 외워야 할 때는
손으로 써서 외우기도 하고,
양이 너무 많을 때에는 학창시절 시험 전에 그랬던 것처럼
머리에 대본을 대고 자면 다 외워지면 좋겠다 싶기도 했었죠.
전역한 남자들이 가끔 다시 징집되는 꿈을 꾸었다는 것처럼

대사를 다 못 외웠는데
연극 무대의 막이 오르는 꿈을 꾼 적도 있습니다.
다 재미있는 추억이네요.
이제는 그 정도로 엄청난 대사가 내게 주어지는 일이 흔하지는 않고
또 나름의 구력이 생기기도 했으니까요.

어쨌든
감사하게도 나는 대사를 잘 외우는 편입니다.
간혹 부담스럽게 컴퓨터라는 별칭을 갖기도 했고요.
그러니 준비를 더 철저히 할 수밖에요.
나야 연기자이니 당연히 대사 외우기가 시작이지만
다른 이들도 자기의 역할을 위해서
각자가 지녀야 할 것들이 있습니다.
그것들을 준비하고 시행해나가는 과정이 다 쉽지만은 않지요.
그럴 때 누군가 나에게 신뢰를 보내주면

우리는 가진 능력을 더 잘 발휘하기도 합니다.

신뢰.

칭찬만 고래를 춤추게 할까요.

신뢰도 우리를 춤추게 합니다.

기다려주고 믿어주기.

우리 시대에 꼭 필요한 덕목입니다.

당연히 호야는 대사를 한 마디도 외워주지는 못했습니다.

서로에게 기대어

잘린 나무 그루터기와 들꽃이 기대고 있습니다.
어쩌면 각자의 길을 가고 있지만
서로 기대어 살 수밖에 없는 우리 같네요.

사람 인人.
참 절묘하단 생각이 들어요.
서로 기대어 있는 획.
기댄 사람과 받쳐주는 사람.
그러나 하나라도 무너지면 누구도 설 수 없는.
때로는 바뀌기도 하겠죠.
기대어 있던 사람이 받치는 역할을 하게 되면

여덟 팔八 자가 되는 건가요?
그렇군요, 그것도 팔자군요.

우리는 늘 어우러져 살고 있습니다.
간혹 그런 사람을 만나기도 해요.
누구의 도움도 필요 없고 혼자서 다 잘하고 살 수 있다고.
피해만 안 주고 살면 된다고.
그러나 그게 실은 틀린 말인 거 같아요.
많은 것들을 자급자족하고 사는 TV 속 자연인들조차도
온전히 혼자는 쉽지 않습니다.
공산품들은 도움을 받잖아요.
내 힘으로 대가를 지불한다고요?
네 맞아요. 그러나 그것도 엄밀히 말하면 상호지요.

많은 들꽃과 나무들이 있었지만
이 아이들은 같이 있어 내 눈에 띄었습니다.
훨씬 아름다워 보였죠.

나도 살포시 기대어 받쳐주고 당겨주면
독불장군보다는 훨씬 더 멋진 사람이 되겠죠.

경계 사이에서

요즘 유행하는 인피니티 풀.
하늘도 바다도 풀장도
경계가 모호합니다.

누가 처음 시작했을까요.
좋아하는 사람들이 늘어나니 이제는 쉽게 만날 수 있는데요,
확장을 좋아하는 사람들이 만들었을까요?

사실 이 수영장은 보기에 그럴 듯하지요, 뇌리에도 박히고요.
마치 머릿속에 커다랗게 남아 있는 초등학교 운동장처럼.

사진에는 모호해도 현장에서는 모든 것들이 선명해지니
경계가 뚜렷합니다.
확실히 보이지요.

가야 할 곳과
멈춰야 할 곳.
해야 할 것과
하지 말아야 할 것.

모호한 경계가 편한 듯하지만
선명한 경계가 안전할 때도 많습니다.

* 경계가 잘 드러나지 않아 사람이 있는 사진을 함께 넣었습니다.

지혜를 더하는 길

세상에 새로운 것은 없습니다.
있을 수 없는 일도 없더군요.
지금 겪어내는 내가
처음 당하는 것뿐이죠.

우리를 힘들게 하는 감염병도
배고픔도
아픔도
심지어
전쟁까지도
어디선가 늘 있었습니다.

하지만
아무리 작은 것이라도
내가 겪는다면 큽니다.
내게 오는 아픔은 무뎌지지도 않습니다.

단지 바라는 것은
그래도 면역이 생겨
새로 걷는 그 길에 지혜를 더할 수 있기를.

어떻게 그런 일이….
오늘도 수도 없이 이 마음이 들겠지만
그래도 주사 한 방 맞은 셈 치고
새 길을 걸어갑니다.

생이 지는 저녁

일출도 아름답지만
일몰이 참 아름답습니다.
인생으로 치면 6시쯤 될까요,
아니면 더 늦은 시간일까요.

일출이나 일몰을 본 사람들은 알겠지만
정말 순식간에 해가 뜨고 집니다.
내 기억으론 일출이 더 훅 지나갔어요.
소년기가 그러하듯이요.

석양은 보는 이들을 황홀하게 만드는 힘이 있습니다.
왠지 아련한 완성의 느낌이랄까.
고단함을 만져주는 힘이 느껴지기도 하죠.
일출이 파이팅이라면
일몰은 토닥토닥 같습니다.

당신도 일출의 시간이 지났나요.
아니면 여전히 뜨거운 한낮이어서
그림자를 짧게 만들며 불타고 있나요.

어렸을 땐 마냥 타오를 줄 알았습니다.
타닥타닥 잘 타기만 해버려도 좋겠다는 생각도 했지요.
세월은 얼굴의 주름도 만들어줬지만
그런 치기를 지니고 살기에는
인생이 그렇게 만만한 것이 아니라는 사실도 가르쳐줬습니다.
때로는 거대한 수업료를 받으며.

해도 안 되는 게 있다는 걸 깨닫기 시작했고
육체도 나약해진다는 걸 뼈저리게 느끼며
담기보다는 비우기를 잘해야 한다는 것을 배웠습니다.
그 무엇보다 실천이 더욱 어렵다는 것까지.

저 멋진 노을처럼 마무리를 하면 참 좋겠습니다.
주변을 환하게 비추되 너무 뜨겁지 않게
부드럽게 터치하듯이.
당신을 만날 때면 온화하게 미소 지으며….

진짜인 줄 알았는데

아주 예쁜 마리골드.
자세히 보고 또 봐도 생화 같은데,
사진을 찍어 확대하니 조화처럼 보이네요.
네 맞아요,
이 아이는 조화예요.

생화를 좋아하긴 하지만
특히 더운 여름철에는 금방 시들기도 하고
때로는 벌레들을 부르기도 해서

요즘은 조화에도 눈이 갑니다.

예전에는 '나 조화야'라고 외치는 것처럼 티가 났었는데
요즘 조화는 만져 보지 않으면
알 수 없는 아이들도 엄청 많더군요.
물론 만져 봐도 이건 조화 아닌가 싶게 헷갈리는 생화들도 있고요.
새로운 종들을 엄청 개발하니까요.

진짜 같은 가짜
가짜 같은 진짜

이게 꽃이라면 서로 이해하고 넘어가면 되지만
세상살이가 전부 이렇다면 진정 무서운 일이죠.
뉴스를 접하면 뭐가 진실인지 정말 혼돈스러울 때가 많습니다.
가짜 뉴스
가짜 뉴스
누군 이것이 가짜라 하고
누군 저것이 가짜라 하고.

정말 정신 바짝 차리고 살아야겠습니다.

대중이 늘 진실은 아닐 수도 있고
소수가 늘 소신이 아닐 수도 있습니다.

리플리 증후군처럼
자신조차도 스스로가 만들어낸 거짓말에 속아서
죄책감조차도 가지지 않는 병적인 경우도 있겠지만
대부분의 사람들은 자신이 거짓을 말하고 있다는 것을 압니다.
우선 본인에게 정직하기.
양심이란 것이 우리에게 있어 얼마나 다행인지요.
양심이란 안테나가 주파수를 잘 맞출 수 있도록
끊임없이 정신을 차리지 않으면
아주 작은 시작이 큰 눈덩이로 불어나는 건 시간문제니까요.

당신은 늘 진실하십니까.
사실 아주 자신 있게 '예스'라고는 못 하겠습니다.
노력은 하지만
나도 모르는 사이에 내가 믿고 싶은 사실 쪽으로
동조 내지는 방관하고 있었는지도 모르니까요.

내가 알고 싶은 것

내가 듣고 싶은 것
내가 믿고 싶은 것들만 보지 않도록
오늘도 안테나를 바짝 세웁니다.

짧은 시간 동안 세상을 속일 수는 있어도
긴 시간 동안 많은 사람을 속일 수는 없습니다.

나는 진짜인 줄 알았는데
그것이 가짜였다니, 얼마나 슬프고 무서운 얘기입니까.
그러나
그런 일들이 지금 이 순간에도 일어나고 있을지도 모릅니다.

인도의 옛 시인 카비르의
「진실의 오류」가 떠오릅니다.

자기 혀를 붙잡지 못하는 사람의 마음은 진실하지 않다.
그와 함께 머물지 말라.
너를 공격하리라.

진짜의 시작은 혀에 있습니다.

배신의 이면

내가 좋아하는 아보카도.
숲속의 버터라고 불리고
건강에 좋은 슈퍼 푸드로 사람들의 사랑을 받고 있는데요.

들어보셨나요?
아보카도의 배신.
아보카도가 무슨 배신을 했을까요?
환경에 민감한 분들은 이미 알고 있겠지요.
아보카도 하나를 키우는 데 무려 320리터의 물이 필요하답니다.
토마토는 5리터 정도고요.
비교하니 정말 엄청나네요.
아보카도 하나가 성인 한 사람의 6개월치 물을 마신대요, 세상에.
근데 그게 무슨 아보카도의 배신이겠어요?
예전에도 지금도 여전히 그 물이 필요했을 텐데요.
고대 아즈텍 말로 '물을 많이 지니고 있다'는 뜻인
아후아카틀Ahuacatl에서 유래한 이름이라니까요.

인기가 생기니 수입을 위해 산림도 훼손하고
무분별하게 농장을 만들어
주변 주민들의 식수까지 말려버리는

사람들의 탐욕이 주범일 겁니다.

예전보다 아보카도가 흔해지고 좀 싸지긴 했어요.
그냥 많이 수입이 되어서 그런가 보다, 생각했지요.
이런 뒷이야기를 알고는 얼굴이 뜨거워졌습니다.

재배도 까다로워 특정 지역에서만 자라니
우리 식탁에 오르기까지
많은 양의 이산화탄소를 만든다고도 해요.

아무리 좋아도
누군가의 식수를 말리고
환경을 파괴한다는 얘기를 듣고부터는
선뜻 손이 잘 안 갑니다.
어떤 이들의 주머니를 채우느라
'피의 아보카도'라는 별칭까지 얻은 아보카도.
아보카도는 배신한 적이 없습니다.
사람,
사람들이 문제지요.
나도 생각 없이 공범으로 살고 있었습니다.

어디 아보카도뿐일까요.

왜 인간이 몰려들면 자꾸 무언가 망가질까요.

전 세계가 이상 기온으로 난리입니다.

우리는 또 얼마나 많은 비를 만났나요.

환 · 경 · 파 · 괴

우리의 탐욕으로

하나뿐인 대체 불가한 지구가 아픕니다.

금방 바뀌는 건 아니겠지만

노 · 력 · 이 · 라 · 도

해 보렵니다.

그 노력만큼

지구가 덜 아플 테니까요.

가시나무

가시나무.
가시를 품고 있는 나무.
처음부터 가시는 아니었는지도 모르지.
그냥 자꾸만 목이 마르다 보니
물을 많이 가져가는 넓적한 잎들을
점점 더 포기했을지도.

사람들은
너희를 무서워하지.
가까이 가면 갈수록 너무 아프니까.

반갑지만 가까이 가면 자꾸 찌르니까.
너도 슬플지 모르겠다.

저기 또 메마른 가지들이 있구나.
오호라,
움직이며 발버둥 치는구나.
가시가 되고 싶지 않다고.
아직은 부드러우니
더 뾰족해지기 전에 물 좀 달라고.

마음 기댈 데 없이
바짝 마른 친구의 아우성.

내어주기

아낌없이 주는 나무.

1964년에 출간된
쉘 실버스타인의 소설이지요.
끊임없이 자기의 모든 것을 내어주는 행복한 나무.

출간된 지 50년이 지나니 해석도 달라졌어요.
소년이 사과나무에게 의존하는 바람에
독립하지 못했다는 얘기도 나오더군요.
자기 행복을 위해서였으니 이기적이라고요.

그러게요.
어떤 책이든 받아들이는 건 각자의 몫이니
그걸 논하고 싶지는 않으나
적어도 작가는 희생적인 사랑을 얘기했겠지요.

맞아요.
세상이 변했지요.
그러나 방법이 바뀔 수는 있어도
사랑이 변하겠어요?

간혹 사랑이라는 이름으로 소유나 집착처럼
착각을 해서 문제지요.

제대로 사랑하기.
어쩌면 살면서 가장 하기 어려운 일이 아닐까 싶습니다.

분명한 건
표현이 안 되는 사랑은 사랑이 아니며
사랑의 표현에는 반드시 수고가 따른다는 것.
그리고
노력하지 않는 사랑은 허물어진다는 것.
한쪽의 희생은 지칠 수밖에 없으니까요.

사진의 그루터기는
사람이 아닌 또 다른 자연에게
자신을 내어주고 있습니다.
그 또한 사랑이겠지요.
우린 저기에 앉을 수 없지만
생명은 이어지고 있습니다.

사랑
참 좋은 것인데
사랑
참 어렵습니다.

빈 의자가 주는 위로

빈 의자.

내가 꼭 저기 앉지 않아도

빈 의자가 있다는 것만으로도 벌써 안심이 됩니다.

여행이 좋은 것은,

아니 여행이라 말할 수 있다는 것 자체가

돌아갈 집이 있단 얘기겠지요.

되돌아갈 곳이 없다면 어찌 여행이라 얘기할 수 있겠어요.

아무리 좋은 곳을 다녀와도 어디 집만 하던가요.

인생을 나그네길이라 합니다.
본향이 있다는 얘기….
당신의 본향은 어디인가요?
그곳을 향해 오늘도 즐겁게 한발 내딛고 계신가요?

누구나 다 가야 하는 길.
이왕이면 너무 척지고 가지는 말아야겠습니다.
아등바등 아웅다웅하지 말고
미소 한 번 날려주며 가면 어떨까요.
여행을 가면 마음이 들뜨기도 하지만
왠지 좀 넉넉해지기도 하잖아요.
뾰쪽함도 덜 하고요.

보기만 해도 안심이 되는 의자.
그런 빈 의자 하나쯤은 마련하고 싶습니다.

잠시 쉬어가든 그냥 눈으로만 위안을 삼든
지금 저 의자가 내게 주는 위로를
길 가는 당신께도 드리고 싶습니다.
고단한 당신의 다리도 쓰담쓰담.

모든 것이 제자리로
~~~~~~~~~~~~~~~~~~~~

세상 모든 풍경 속에서 제일 아름다운 풍경
모든 것이 제자리로 돌아가는 풍경

내가 좋아하는 시인과 촌장의 「풍경」이란 노래입니다.

간혹
불쑥 펼쳐지는 풍경에
'네가 왜 거기서 나와' 하며
뒷목 잡고 놀라기도 하고
파안대소를 할 때도 있지만

세상 모든 풍경 속에서
제일 아름다운 풍경은
모든 것이 제자리로 돌아가는 풍경입니다.

＊ 내 자리로 돌아가는 시간의 밤 풍경. 미소 지으며 등을 쓸어주는 엄마 손 같습니다.

마음의 잡초

공원 도우미 어르신들이 풀을 뽑는 걸 본 지
얼마 되지 않았는데 어느새 잡초들이 쑥 자랐습니다.

며칠만 내버려두면
쑥쑥 잘도 자랍니다.
장마철에 오이가 자라듯이
나쁜 것들은 쑥쑥 잘도 자랍니다.
좋은 습관 만들기는
너무 어려운데,
안 좋은 것들로 가는 길은 쏜살입니다.

마음의 잡초도 그렇겠지요.
계속 뽑아주지 않으면 어느새 자라
밭을 이루고 숲을 만들어
원래 마음 밭이 어땠는지 구분도 안 갑니다.
아니 오히려 주객이 전도가 되어
선한 것들이 설 자리조차 없어지겠지요.

그러기 전에
내 맘이 쑥대밭이 되기 전에

뾰족뾰족 올라오는 잡초들을 잘 제거해야겠습니다.

적은 양을 제거하기는 쉬워도
너무 많아지면
아예 포기하게 되니까요.

개망초의 속사정

개망초.

비도 맞고 날도 차니 조금씩 힘 빼기를 하고 있네요.

봄부터 여름까지 사람 손이 닿지 않는 곳이면

어디든 피어나서 우리의 마음을 포근하게 해주는 아이입니다.

볼 때마다 '이렇게 이쁜데 이름이 왜 개망초일까' 했답니다.

옛날 어르신들이 귀한 자식일수록

일부러 천하게 불렀다는 이야기처럼

귀해서 그랬나 싶었지요. 개똥이 막둥이처럼요.

그러기에는 개망초가 사는 곳이 이해가 안 됩니다.

그냥 들판이니까요.
심지어 이 아이는 바위 틈바구니예요.

1910년 을사늑약 무렵,
미국에서 들여온 침목에 씨가 섞여 들어와
전국 철도 주변마다 무리 지어 피었다는 개망초.
조선 사람들은 분명 나라를 망치려고
일본이 일부러 전국 방방곡곡에 뿌려놓았다며
'나라를 망치는 꽃'이라는 뜻의 망국초로 부르다가
망초가 되었다는 꽃.
그러니 망할 망亡 자가 이름에 들어 있습니다.
망할….

사실 개망초는 우리와 참 가까운 식물이죠.
나물로도 먹고 꽃도 보며 한약재로도 쓰입니다.
개망초 입장에서는 얼마나 억울했을까요.
세상에
자기를 나라를 망치는 꽃 취급한 것도 부족해
망할 꽃이라고 불렀으니까요.
요즘에는 개망초를 나라 망치는 꽃이라

생각하는 사람은 없을 겁니다.
그저 바람에 산들산들 나부끼는 예쁜 들꽃으로 보겠지요.

선입견이나 잘못된 지식이 확고해지면
이런 우를 범하는 일이 얼마나 많은지요.
정보가 넘치는 세상에서
정말 조심 또 조심해야겠습니다.

요즘은 개망초를 계란꽃이라고도 합니다.
모양이 꼭 계란 후라이를 해놓은 것 같잖아요.
저는 개인적으로 개망초도 좋습니다.
바랄 망望으로 하면 되지요, 뭐.
바랄 망이든 망할 망이든 개망초는 오늘도
'화해'라는 꽃말처럼 우리에게 먼저 손을 내밀고 있네요.

인생길

우리는 모두 길 위에 있습니다.
목적지에서 사는 인생이 아니지요.
어떠세요?
울퉁불퉁 고난의 길인가요.
탄탄대로 꽃길인가요.
날마다 고난인 길도 없고
날마다 꽃길도 없습니다.
슬픔만이 가득할 것 같은 장례식장에서도
웃음이 피기도 합니다.
세상이 무너져 내리는 재해 현장에서도
새 생명이 태어납니다.

삶.
목적지를 향해가는 인생길.
또 한 발짝 내딛는 오늘이
너무 아프지는 않았으면 좋겠습니다.

세상보다 큰 짐

보이시나요.
아주 작은 개미가 자기보다 더 큰
양식을 끌고 가고 있습니다.
영차
여엉차
주변의 색과 너무도 비슷해
마치 보호색을 띤 듯하네요.

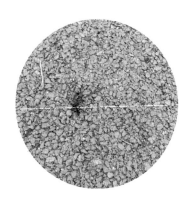

당신은 어떤가요.
이렇게 자신보다 더 큰 짐을 지고 영차 하고 계신가요.
세상이 너무 커다래서 나 따위는 보이지도 않는 것 같나요.

그래도 저 개미는 지금 행복할 거예요.
오늘도 수고했지만 뿌듯한 당신처럼요.

애 많이 쓰셨어요.
토닥토닥!

바리케이드

바리케이드.
보호하겠다는 마음도 담겨 있겠지만
왠지 거부의 느낌이 더 강합니다.
저 안은 절대로 들어가면 안 되니까요.

보겠다고 보니 주변이 온통 바리케이드 천지네요.
새삼 이렇게 많은 바리케이드와 같이 살고 있었구나….

보호한다는 명목으로 얼마나 많은 바리케이드를 쳤었나.
의도는 너와 나의 보호였으나
받는 입장에서는 거부였을
내가 세운 바리케이드.

무엇을 하든 방법도 참 중요합니다.

내가 살아낸 계절

낙엽들이 모여 살아온 얘기들을 하고 있나요.

누가누가 더 치열하게 살아냈나 내기하고 있나요.
너나없이 빠알갛게 태웠습니다.

부끄럽지 않은 식사

간혹 집에서 혼자 밥을 먹을 때가 있습니다.
있는 재료들로 뚝딱, 나름 균형을 생각하며 차려 먹습니다.

식사 때마다 기도를 합니다.
여러 가지 그때그때 상황에 따라 달라지는 내용도 있지만
꼭 빠뜨리지 않는 말이 있어요.

이 음식이 내 몸에 들어와 피와 살이 되듯이
나도 그렇게 누군가에게
피와 살이 되는 삶을 살아가기를…
그리고 음식에 부끄럽지 않은 삶을 살아가기를….

정말 이런 생각을 자주 합니다.
어떻게 초콜릿이 피를 만들고 살을 만들지?
우리 몸에 들어온 음식이
어떻게 나를 자라게 하고 기능을 하게 만들지?
신기하게도 우린 그렇게 살고 있지요.
뭔가를 먹고 그것이 양분이 되고
때로는 몸을 힘들게 하는 독이 되기도 하고.

세상에 혼자 살아지는 법은 없습니다.
인지하지 못할 때에도 누군가의 도움을 끊임없이 받고
또 누군가에게 힘이 되기도 합니다.

오늘도 배부른 식사를 했습니다.
이 아이들은 내 몸에서 여러 작용들을 거쳐
내가 살아가는 데 필요한 새 힘들을 만들어주겠죠.
아니 이미 그 일들을 하고 있을 겁니다.
정말 기도처럼 나의 삶이 그러했으면 좋겠습니다.
당연히 으깨지고 깨어지는 시간들
더해지고 깎이는 시간들이 있겠지요.
그 모든 것들을 감사히 받아들이는 내가 되기를
그래서 내가 먹은 음식에 부끄럽지 않은 삶이 되기를,
이 순간도 기도합니다.

마지막 부탁

민들레는 마지막으로 자기의 가장 아끼던 씨앗을 바람에게 건네주며
아주 멀리 데려가 단단한 땅에 심어달라고 부탁했습니다

-이시영, 「작별」

아름다운 작별.

그도 잘 되기를 바라는 마음입니다.

내게 와닿은 말

어딘가 내가 모르는 곳에
보이지 않는 꽃처럼 웃고 있는
너 한 사람으로 하여 세상은
다시 한 번 눈부신 아침이 되고

어딘가 네가 모르는 곳에
보이지 않는 풀잎처럼 숨 쉬고 있는
나 한 사람으로 하여 세상은
다시 한 번 고요한 저녁이 온다

가을이다, 부디 아프지 마라.

-나태주, 「멀리서 빈다」

원래도 그랬지만
나태주 시인의 말처럼
나이 먹어서 그런가요.
쉬운 게 더 좋습니다.
쉬운 표현
쉬운 말.

이 말이 계절에 상관없이
이렇게까지 와닿은 적이 있었나 싶어요.

부디 아프지 마라.
제발 아프지 마세요.

몸도 마음도.

04

다시
새기는
희망

멀리 보라

마음이 많이 아플 때
꼭 하루씩만 살기로 했다
몸이 아플 때
꼭 한순간씩만 살기로 했다
고마운 것만 기억하고
사랑한 일만 떠올리며
어떤 경우에도
남의 탓을 안 하기로 했다
고요히 나 자신만
들여다보기로 했다
내게 주어진 하루만이
전 생애라고 생각하니
저만치서 행복이
웃으며 걸어왔다

-이해인, 「어떤 결심」

봄 산은 가까이 보고
가을 산은 멀리 보라.

봄 산을 접사하면
터져나오는 수많은 생명을 만날 수 있으니 가까이 보고
가을 산을 줌 아웃하면
전체에서만 보이는 절경을 만날 수 있으니 멀리 보라는 거겠죠.

봄도
가을도 있는 우리네.
때로는 가까이 나무를
때로는 멀리 숲을
지혜롭게 바라보며
살 일입니다.

내가 없으면 세상도 없는 법.
먼저 나를 사랑해야
먼저 오늘을 살아내야
봄 산도 가을 산도 만날 수 있으니
주변을 아웃 포커스하고
고요히 나 자신만 들여다볼 결심을 합니다.

마음을 비추는 액자

화창한 이른 봄날.
어느새 피기 시작한 벚꽃.
사진을 찍고 보니 나 어렸을 때
엄마가 열심히 하시던 파란 공단 위 매화 자수 같습니다.
엄마는 지성으로 수를 놓아
결혼하는 언니에게 액자도 병풍도 만들어주셨고
몇 개는 집에도 걸어놓으셨습니다.
지금은 솜씨 좋은 엄마도 돌아가시고
엄마의 액자도 다 사라지고 없지만
내 뇌리에 아직도 선명하게 남아 있는 자수 액자.

사진을 자세히 보니 벌도 한 마리 날아오고 있네요.
엄마의 그 자수처럼 지금 이 사진처럼
어쩌면 오늘도 미래의 어느 날에 돌아보는
사진이 되지 않을까요.
먼 훗날, 지금이 이렇게 예쁘게 기억되면 좋겠습니다.
이왕이면 누구의 눈도 시원하게 하고
기왕이면 누구의 마음도 따뜻하게 하는
멋진 액자가 되면 좋겠습니다.

행복이 머무는 자리

자그마한 키로
환영의 마음을 보내고 있는
꼬마 인형들.
우리에게 큰 소리로 얘기를 하는 것도
시끄러운 음악으로 주의를 끄는 것도 아닌데
저절로 눈과 마음이 갑니다.

물론 큰 소리가 아니기에
스치는 사람들의 시선을 사로잡지는 못할지라도.
오히려 그래서
머문 사람들의 미소를 이끌어내네요.

나만이 알고 있는 비밀의 숲.
나만이 느끼고 있는 행복의 마을.

이미 어른이 되어버려 생활의 염려로 가득한
우리 가슴속 깊숙한 동심을 향해
행복의 두레박을 드리웁니다.

크다고 다 정답은 아니야.
화려하다고 무조건 좋은 것만도 아니야.

작아도
적어도
충분히 아름다울 수 있습니다.

내 마음이 머무는 곳.
거기가
행복의 마을입니다.

두 갈래 길

인생은 갈림길의 연속입니다.

이리로 가야 하나
저리로 가야 하나.

세상의 모든 길은 두 갈래로 나뉩니다.
간 길과 가지 않은 길.
알려진 길과 알려지지 않은 길.
잘 닦인 길과 아직 생기지 않은 길.

매일매일이라는
길 위를 걷는 우리들.
몸이 하나뿐이니 두 길을 다 걸을 수는 없습니다.
한 길을 온 몸으로 걸어나가다
어느 날 문득, 가지 않은 길을 떠올리겠지요.

그 순간이 너무 처연하지 않았으면 좋겠습니다.
마음이 자꾸 다른 데를 본다는 것은
여기가 너무 힘들다는 신호니까요.

바람과 추는 춤

바람이 심하게 붑니다.
신기하게도 삶의 의욕이 생깁니다.
나무들이 깃발들이 춤을 춥니다.
거센 바람이 불수록 그 춤은 절정에 이릅니다.

삶의 바람이 세차게 부는 날이 있습니다.
한번 살아 봐야겠습니다.
프랑스 시인 폴 발레리의 시를 빌려서라도
바람이 분다…*
살아 봐야겠습니다.

어느 시인의 말처럼 흔들리지 않고 피는 꽃이 어디 있겠습니까.
견디어내니 그 꽃이 아름다운 거죠.

삶의 바람이 찬가요.
이제 당신이 춤출 차례입니다.
부러지지 않도록 힘 좀 빼고 멋진 춤을 추어 보세요.
군무는 어떤가요, 같이 춰봅시다.

* 폴 발레리, 「해변의 묘지」 마지막 연 중에서.

기쁨 터지는 날

불꽃 포텐 터졌습니다!

별 정보 없이 한강공원에 갔다가
코앞에서 벌어지는 불꽃놀이.

와,
살다 보니 이런 날도 있네요.
네,
살다 보면 이런 날도 있습니다.

힘든 날도 있지만
갑자기 기쁨 터지는 날도 있는 것이 인생.
가늠이 안 되니 힘들 때도 많고
예상이 안 되니 또 조심스럽지만
이렇게 소소한 기쁨과 마주치기도 하지요.

살다 보면 이런 날 있습니다.

포텐 터지는 날!
힘내세요.

안전 가드

가드에 둘러싸인 소화전.
너무나 중요하기에
안전하게 보호합니다.

시작과 끝을 동시에 가진 열매도
새 생명을 보호하기 위해
씨앗 주변에 독기를 품기도 하지요.

당신의 마음속에
선한 씨앗 하나 품었다면
세상의 유혹에
녹아내리지 않도록
안전 가드 단단히
세울 일입니다.

그럴 당신을 응원합니다.

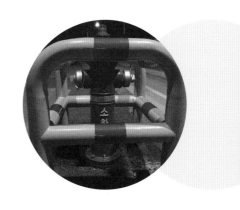

마음에 등불을 켜고

산책 길에서 만난 LED 바닥 등.
어두운 곳에서 사람들을 보호하려고 설치했겠지요.
확실히 컴컴한 데서 선명히 보이니 훨씬 안심이 됩니다.

빛은 당연히 어두운 곳에서 필요하지요.
밝은 데서는 보이지도 않습니다.
마치 아픈 사람에게 의사가 필요하듯이요.

아프리카 오지의 숙소 대부분은
전기가 들어오지 않기 때문에
깜깜한 저녁 시간에 할 수 있는 게 별로 없습니다.
정말 한 치 앞도 안 보이니까요.
모든 게 고요해지는 시간.
그때 바라보는 밤하늘은 말 그대로 별천지.
가로등도
생활 속 빛도 없는 그곳.
같은 별인데도
빛이 전혀 없으니 엄청나게 환합니다.

별은 원래 그 정도의 밝기를 가지고 있겠지요.
우리가 세운 빛들이 그 조도를 깎아버렸을 겁니다.

아주 힘든 시간에 누군가 보내는
진심 어린 위로가 큰 힘을 주듯이
컴컴한 산책 길에서 만난 조명이
마음에 안심을 선물하네요.

아프리카 밤하늘의 엄청나게 밝은 별처럼은 아니더라도
산책 길의 소소한 등처럼이라도
누군가의 삶에 안심을 줄 수 있다면….

칠흑 같은 밤의 시간을 보내는 사람은 많습니다.
나도 때론 그런 시간을 보낼 때가 있고요.
주변의 캄캄함을 볼 수 있는 눈.
내 속의 어두움을 인지할 수 있는 마음.

그 시선을 장착하고 서서히 걸어야
옅은 등불이라도 비출 수 있지 않을까….

내 마음에 등불을 켜는 고마운 산책 길입니다.

전봇대 연가

전봇대.

전봇대를 만나면 고개 들어 인사를 합니다.

사람 사는 어느 곳이든 있으니 자주 위를 올려다보지요.

왠지 어깨가 무거운 가장 같은 전봇대.

가족들 일이라면 몸이 부서져라 희생하는 엄마.
죽어라 공부하고 준비해도 내 일자리 못 찾은 취준생.
윗사람 아랫사람 일에 지친 직장인.
이리 치이고 저리 치어
눈알 튀어나오게 힘든
나.
그대.

열심히 이고 지고 버텨내고 있지만
보기 흉하다고까지 합니다.

그러나
전봇대가 있기에
당신의 오늘이
깜깜하지 않습니다.

세상의
모든 전봇대들이여,
당신을 찬양합니다.

빛과 그림자

그림자가 있다는 것은
빛이 있다는 것.

그늘에 있어 추우신가요.
가슴을 조금만 들어
환한 빛을 마주하세요.

당신의 세상은
크고 따뜻합니다.

이다지도 선명한 생 生

생명.
이렇게 강합니다.
무엇이 이다지도 선명할까요.
아무리 빡빡한 세상이라도
자기 자리를 정확히 알아내고 살아내는 것.

무심코 지나치면 보이지 않는 생명들이 너무나 많습니다.
오늘 그들을 무시하고 지나치는 죄를 범하지 않도록
마음 모아 기도합니다.

'내가 무시해도 좋을 생명은 없다.'

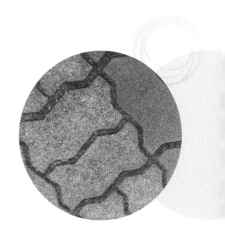

어디서든 빛나는 벚꽃처럼

바람에 벚꽃이 떨어진 건가요?

꽃이 나무에서
떨어진 게 아니라
꽃이 땅으로
내려온 듯하네요.

무대를 옮겨온 배우처럼
거기서 또 홀연히 빛나고 있습니다.

이 아름다움을
닮고 싶습니다.

행복이라는 행운

행복이 널렸네요.
수도 없이 많이 들어서 이미 알고 있는 클로버의 꽃말.
세 잎 클로버, 행복
네 잎 클로버, 행운
그러나 안다고 다 그렇게 살아지는 게 아니니 잔소리처럼,
아니 내게 하는 다짐처럼 다시 한번 되새깁니다.

행운을 좇으려다 행복을 짓밟지 말자.

아무리 눈 씻고 봐도 사진에는
네 잎 클로버가 보이지 않습니다.
그런데요,
삶이란 게 그런 거 아닐까요.
어쩌면 내가 지금 행복한 건지
아닌지도 모르고 살아가는 거.
간혹 꽃이 피기도 하지만
옆에 올라온 잡초가 해를 가리기도 하고,
또 내 몫을 먹어버리기도 하는.
그러나 그런 것조차도 행복이었다는 걸
무슨 일이 터져야 깨닫습니다.

네 잎보다는 세 잎이 지천입니다.

행운보다는 행복이 훨씬 더 쉽다고 얘기하듯이요.

코팅해 간직할 네 잎 클로버가 꼭 필요한 게 아니라면

오늘도 난 지천의 행복을 누리겠습니다.

어때요?

당신도 그러실래요?

띄어쓰기

아버지가방에들어가신다
아버지가 방에 들어가신다
아버지 가방에 들어가신다

문장에 띄어쓰기가 필요하듯이
삶에도 띄어쓰기가 필요합니다.
바른 띄어쓰기가 필요합니다.
그래야
세상이 당신을
똑바로
읽어줄 테니까요.

선명한 답

걱정하지 마.
너무 걱정하지 마.
지금까지 잘 해왔잖아.
앞으로도 그럴 거야.

주변이 까매서 흰 꽃이 더 선명하잖아.
넌 분명히 가장 예쁜 답을 피워낼 거야.

단풍의 시간

햇살 받은 단풍이 눈부시게 아름답습니다.
산수유 열매도 반짝반짝 빛이 나네요.

어느새 이렇게 시간이 흘렀을까요.
봄꽃을 찬미하고
여름의 장마를 걱정하는 사이
아이들이 열심히 익어가고 있었네요.

봄이 화려한 줄은 알았는데
가을은 치명적입니다.

아아
떠오르는 태양만 좇는 사이
석양이 온 천하를 물들이고 있었습니다.

저 멋진 단풍도 떨굼을 준비하겠지요.
우리도 살면서 자연스럽게
때로는 떠밀려서 내려놓는 시간을 만납니다.
당연하다 생각하지만 미련이 남는 것 또한
부정할 수 없습니다.

스러져가는 시간들이 서럽기도 하겠지요.
아직도 잘할 수 있을 것 같은데,
나도 찬란했는데….

하지만 그것이 인생입니다.
때가 되면 내려오는 것.

한없이 약해지고 있다는 것을 인정하고
내가 더 이상 푸르지 않다는 것을 깨닫고 받아들이는 일.
그것이 붉게 물들어가는 나의 잎 사이로
들어오는 햇살이겠다 싶습니다.
나를 반짝이게 해주는.

이왕 단풍으로 사는 것, 절정의 단풍으로 살고 싶습니다.
지금이 가장 아름다운 시절이라고
그렇게 다독이고 토닥이면서요.
붉게 붉게 살다가
가볍게 내려앉아
또 새로운 밑거름을 꿈꾸면서요.

비바람이 건넨 선물

어디일까요.
유럽의 어느 성일까요.
이 사진을 찍고 공유하자
모든 사람이 똑같이 얘기했습니다.
유럽 어디냐고.

일산의 호수공원
그리고

멀리 보이는 아파트.
실망하셨나요?
방송국이 많은 일산에 갈 때마다 자주 스치는 곳입니다.
바쁠 때는 거의 매일 지나치죠.

조금 일찍 마치고
집으로 돌아가는 길.
피곤이 몰려오는 시간에
정말 그림 같은 풍경을 선물 받았습니다.
세상에
어찌 이런.

살다 보면 간혹 이렇게 뜻하지 않은 선물이
훅 들어올 때가 있습니다.
자연이라는 거대한 이름으로.

범접할 수 없는 거대함.
표현할 수 없는 오묘함.

그저 겸손히 받기만 하면 되는 선물.

그저 맑기만 한 날에는 만나기 어려운 풍경.
구름과 석양이 만나 더 멋들어진 하늘.
이런 선물을 받은 날은 기분이 확 '업'됩니다.

때로는 휘몰아치는 삶의 비바람에 휘청거리기도 합니다.
주저앉아 울고 싶고
다 놓고 도망치고 싶을 때도 있지요.
그러나
든든히 견뎌내어
이렇게 멋들어진
선물이 된다면
한번 받아 봐야겠습니다.

비바람을 원하는 사람은 아무도 없지만
어차피 날마다가 맑은 날일 수 없다면
견디고 뿌리내려
이런 멋진 풍경을 꼭 받고 싶습니다.

나의 풍경이 멋있어진다면
아니 지금, 조금이라도 그런 부분이 있다면

당신에게도
나누어주겠습니다.
넉넉히요.

담쟁이의 길

지천에 있는 담쟁이.

어렸을 때,
사는 게 만만치 않다는 걸 아직 모를 때는
담쟁이는 그저 빈 담벼락을
예쁘게 채워주는 것이라고만 생각했습니다.
고옥에 붙어 있는 담쟁이들은 낭만을 불러일으키기도 했지요.
지금도 보면 좋습니다.
예쁘기도 하고요.

하지만
요즘은 감동이 더 큽니다.
눈물 날 만큼이요.
어쩜 저리 우리 인생사 같을까요.

혼자 가면 쉽지 않은 길.
네가
내가
서로에게 힘을 주며 바닥만 있으면 기필코 갑니다.

때로는
같이 가는 누군가 있어 경쟁을 할지라도.
나를 누르고 먼저 오르려는 누군가 있어
그만 주저앉고 싶을지라도.

그래도
그리하더라도
또다시 오릅니다.
희망이 되어서.

그래서 많은 시인들이 담쟁이를 사랑하는지도 모르겠습니다.
희망가를 부를 수 있으니까요.
타고 넘어야 할 벽이 있을 때 담쟁이는 움직입니다.

절망이 있을 때 비로소 보이기 시작하는 희망.
내가 우리가
열심히 살아가는 그날들이
꾸역꾸역 넘어가는 그 벽이
희망의 시작입니다.

너와 내가 서로에게 의지하며 살아가는 날들이
푸르디푸른 담쟁이입니다.

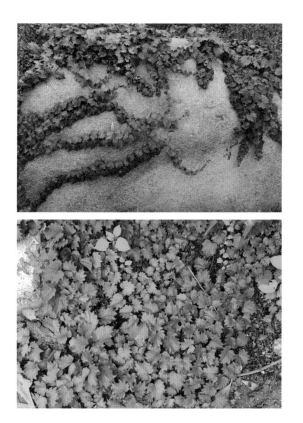

다시, 시작

몇 년 전 산불로 주변 친구들을 다 잃고
외로이 서 있는 소나무예요.
자신도 피해를 입어 거무스름한 그을음이
아직도 남아 있습니다.
주변이 푸르니 상흔이 얼른 보이지도 않습니다.

얼마나 무서웠을까요.
얼마나 아팠을까요.
두 눈 뜨고
피할 수도 없이
손발 묶인 사람처럼 아무것도 해줄 수도 없이
사랑하는 이들이 스러져가는 것을 봐야만 할 때.
.
.
.
.
.

그래도 시간이 지나니
새로운 친구들이 터를 잡기 시작했습니다.
지나간 것은 돌아올 수 없는 법.

아무리 새 친구가 생겨도
옛 친구를 온전히 대신할 순 없겠지만
그래도 또 새로 시작해 볼 일입니다.

그대는 살아남아
굳건히 그 자리를 지키고 있으니까요.

온 우주를 담아 너에게

사람이 온다는 건
실은 어마어마한 일이다.
그는
그의 과거와
현재와
그리고
그의 미래와 함께 오기 때문이다.
한 사람의 일생이 오기 때문이다.
부서지기 쉬운
그래서 부서지기도 했을
마음이 오는 것이다 그 갈피를
아마 바람은 더듬어 볼 수 있을
마음,
내 마음이 그런 바람을 흉내낸다면
필경 환대가 될 것이다.

-정현종, 「방문객」

살아가며 수없이 만나고 만나는 사람들.

때로는 내가 그의 방문객
때로는 그가 나의 방문객.

온 인생을 담아 내게 다가오는 그에게
온 우주를 담아 너에게 다가가는 나에게,

질서 있고
품위 있게
대할 일입니다.

05

비워야
내가 되는
나눔

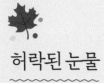

허락된 눈물

아이들의 글을 읽는다

소재가 어떻고
표현이 어떻고
주어진 제목과 맞아떨어지는
글을 골라낸다

'내 생일에 케이크에다 촛불 켜놓고
생일 축하 노래 한 번만 듣고 싶어요'

그 글을 읽다가
가만히 원고지를 쓰다듬는다
안경을 벗는다

부모가 버리고 간 아이
아이의 글은
처음부터 마지막까지
애원이다, 원망이다

그것 외는

아무것도 읽을 수가 없다
그래야만 한다

아이야,
다른 아이 엄마인 내가
눈물 흘리는 걸 허락해 주겠니?

-정두리, 「심사」

이 시를 읽고 가수 이적의 노래 「거짓말」을 들으며
떨어지는 눈물을 주체하지 못했습니다.
엄마가 거짓말을 했다고 시 어디에도 쓰여 있지 않지만
당연히 돌아오지 않는 엄마를
마냥 기다리는 아이가 떠올랐어요.

여러 이유로 부모와 함께 살지 못하는 아이들이 머무는
서울 성로원.
30년 넘는 시간 동안 다른 아이의 엄마인 내가
눈물 흘린 적이 많았으니

그저 시로만 보이지가 않았습니다.

당연히 사랑받아야 할 아이가
당연히 누려야 할 것을 누리지 못하다니.
당연히, 당연히 안 되는 일.

살아내는 아이에게
심사는 사치입니다.

힘내기 힘 빼기

라디오 프로그램의 디제이를 여러 번 했었습니다.
라디오의 매력은 소통이죠.
불과 얼마 전까지만 해도
EBS 라디오에서 「정애리의 시 콘서트」를 진행했었어요.
워낙 시와 음악을 좋아하는 내게 찰떡 같은 프로그램이었습니다.
좋은 제작진과 시인들, 무엇보다 청취자들과의 교감은
드라마 촬영으로 바빴던 나를 그 자리에 즐거이 앉게 했었죠.
요즘 이런저런 힘든 시기들을 보내니
함께여서 위로와 힐링이 된다는 말이
내게도 얼마나 힘이 되었던지요.

힘내요.
이 말을 참 많이 했습니다.
심지어 전 책인 『축복』에서는 글을 마칠 때마다
'아자아자 파이팅!'을 외치곤 했었으니까요.
맞아요.
우린 힘을 내야 할 때가 참 많습니다.
그런데요,
왜 우린 맨날 힘내라고만 할까요.
우리는 모두가 다 바닥에 누워

맨날 힘을 내야만 하는 걸까요.
오히려 힘을 빼야 할 때도 있지 않을까요.
실제로 무슨 중요한 일을 할 때면
힘을 빼야 할 때가 많지 않나요.
운동선수도 연기자도 가수도
오랫동안 준비했던 시험이나 면접도
너무 힘이 들어가면 좋은 결과를 얻지 못할 때가 더 많지 않나요?
요즘 유행하는 오디션 프로그램에서
심사위원들이 가장 많이 하는 이야기도
힘이 너무 들어갔다는 말 같은데요.

힘을 내야 할 때와
힘을 빼야 할 때.

너무나 힘을 빡빡 주고 열심히 산 것 같습니다.
조금 쉬어가며 해도 됐을 텐데
성실이라는 이름으로 엄청 열심히 달렸습니다.
죽을 '똥' 살 '똥.'
그러니 어깨고 어디고 근육이 잔뜩 뭉쳐 있지요.
이제는 힘 좀 빼고 살아 보려고요.

하루아침에 되는 건 아니겠지만
알기라도 하면 나아지지 않을까요.
어차피 내가 못 하는 건 할 수 없는 것이니
미련 갖고 잘해 보려고 노력하지 않으려고요.
괜히 그러다가 일을 망치기도 하고
누군가를 무능력하게 만들기도 했으니까요.

쉬엄쉬엄
힘 빼며 걷겠습니다.
어깨를 좀 내리며 걷겠습니다.
당신은 어떤가요.
오늘도 아름다운 '희생'이라는 단어에 매여
'열심'이란 언어에 매여
까딱까딱 깔딱 고개를 넘고 있지는 않나요?

다 내가 하지 않아도
세상은 그렇게 크게 달라지지 않더라고요.
아니 심지어 내가 죽어 없어져도 세상은 돌아갈 겁니다.
너무 애쓰지 말자고요.
그 정도로도 충분히 했습니다.

2017년 1월 26일

짧은 머리가 제법 잘 어울리지 않나요.
아주 예전에 미국에 잠깐 있을 때 짧은 커트를 하고
오랜만에 이렇게 짧네요.
아무래도 연기자라 이런저런 역에 어울리는
헤어스타일을 고려하다 보니
쇼트커트는 생각처럼 자주 하지 못합니다.
얼굴도 통통히 살이 올랐어요.

아주 짧은 쇼트커트.
사실 사연이 있어요.
기억하고 싶어서 사진도 찍었습니다.

2016년에 난소암 진단을 받았습니다.
내 입으로는 처음 얘기하네요.
공연과 드라마를 하던 도중에 복막염으로
급작스런 수술을 하고 난소암을 발견했습니다.
드라마와 공연에 너무 피해를 줄까 봐
서둘러 재개를 한 시점이었어요.
다시 입원을 해서 급하게 수술을 했고,
예방 차원으로라도 항암 치료를 해야 한다니

결국 드라마와 공연에서 하차를 하게 됐지요.
모두들 제 치료를 응원해줬지만
지금도 팀원들에게 죄송한 마음이 있습니다.
죄송하고 감사했습니다.

다행히 1기였고
수술은 잘되었으나
항암 치료를 피할 수는 없었습니다.
여성암 치료에 거의 100퍼센트 따라온다는 탈모.
첫 치료 후 괜찮길래 나는 비켜가나 했더니
웬걸요,
두 번째 치료 직전에 머리카락이 후드득 떨어지더군요.

싫었어요.
여기저기 훅훅 떨어지는 머리카락을 마주한다는 게.
치료 전에도 이미 짧게 자르고 있었지만,
그마저도 미리 잘라버리자 싶었습니다.
단골 미용사에게 부탁해
집 화장실에서 머리를 밀었습니다.
시퍼렇게 남아 있던 머리카락을

모두 깎았습니다.
당연히 가발도 준비했지요.

쉽지 않았던 시간.
가족들 의료진 그리고
많은 분들의 기도와 도움을 받아
열심히 먹고 운동하며 치료를 했습니다.
오로지 나에게만 집중한 시간이었죠.
치료 시작할 때부터 아예 작정을 했습니다.
'나만 생각해.'
'나만 바라봐.'
그동안 얼마나 열심히 달렸는지
그나마도 작정이 필요하더군요.

'이제는 나를 도울 시간이야.'

감사히 치료도 잘 끝나 몸이 회복되니
머리카락도 나기 시작하더군요.

더벅머리 아이처럼 자라던 머리카락을

모양을 잡아 정리하던 날,
2017년 1월 26일.
미용실에 앉아 거울을 바라보는데 와락 눈물이 났습니다.
머리를 밀 때도 참아내던 눈물이.

감사합니다
감사합니다.
애썼어
애썼어.

가발을 벗어던지고 이쁘게 화장을 하고
사진도 찍었습니다.
감사를 기억하고 싶어서.

정말 덕분에 건강해져서
라디오도 드라마도
그리고 아프리카도 다녀오곤 했습니다.
'가고 싶어요 아프리카. 만나고 싶어요 아이들.'
큰 기도 제목이었거든요.
아직 사이사이 검진을 하고

완치 판정까지는 세 계절 정도가 남아 있어
건강 가지고 까불지 않습니다.
앞으로도 그럴 테지요.

'상처 입은 치유자'라고
전보다 더 깊이 보는 눈을 갖게 됐습니다.
동병상련이라고
전보다 더 공감하는 가슴을 얻게 됐습니다.
그리고
아무것도 내 맘대로 되지 않는다는 사실을
더 명확히 인지하게 됐습니다.
무엇보다 쉼의 시간이 필요하다는 것도.

마음이 흐트러질 때마다 기억합니다.
고통을 겪어냈던
그 감사의 날들을.
그 감사한 사람들을.

2017년 1월 26일을.

이름값

속초에서 만난 카페
'쉴 만한 물가.'
이름처럼
물가에 있는
쉴 만한 카페입니다.
이름값 하네요.

이름값 하기.

아버지가 지어주신 이름 '애리.'
사랑 애愛 이로울 리利.
이름값 하고 살고 있는지….

또 다른 이름들도 많습니다.
엄마 아버지 딸 아들
선생님 제자
대표 직원
손님 사장 등등등.

이름값
잘하고 살아야겠습니다.

익숙한 자리

치 과

초진일 2002. 8. 05

피보험자

나의 치과 진료 카드입니다.

벌써 20년이 다 되어가네요.

특별한 진료가 필요할 때 아니면 가지 않으니

일 년에 한 번이나 두 번 정도 가는 곳이죠.

이곳을 처음 다니기 시작한 건

CBS 라디오를 진행할 때였는데요.

그곳 지하상가에서 한 번 장소를 옮겼지만

치과는 여전히 목동에 있습니다.

재미있는 건 목동에 산 적이 한 번도 없는데도

여전히 그곳에 가고 있다는 사실.

조금 불편해도 오랜 관계를 선호하는 내가

새로운 곳에서 입속을 다 보여준다는 건
더더군다나 내키지 않는 일입니다.

처음엔 만났을 땐 훨씬 젊었던 원장님,
지금은 세월의 연륜이 보입니다. 가끔 묻기도 하죠.
"선생님은 어떠세요."
많이 쓰니(그 말은 곧 나이가 드니) 치아가 금도 가고
약해지기도 한다는 선생님 말에 위로를 얻기도 하는 관계.
나만 늙고 약해져가는 게 아니구나.

얼마 전 스케일링을 하느라 입을 잔뜩 벌리고 있는데
아, 참 감사하다,
그런 생각이 들더군요.

그날 나오면서 "제 진료 기록 카드 좀 보여주세요" 하고는
사진을 찍었습니다.
"정말 감사해요, 여전히 이 자리에 계셔주셔서."
소리 내어 감사의 인사도 했습니다.
정말 계속 그 자리에
그 전화번호로 있다는 게 참 감사했습니다.

오래돼서 익숙한 곳들이 있습니다.
또 한결같이 그 자리를 지키는 사람들도 있고요.
물론 새로운 것을 받아들여
좋은 변화를 이루는 것도 좋지만
그 자리에서 자기의 몫을 해내는 존재.
거기에 가기까지 얼마나 많은 사건과 위기가 있었을까요.
그 모든 것들을 견디고 버텨낸 존재.
그 사실만으로도 충분히 감사한 존재입니다.

나도
그런 사람으로 살고 싶습니다.

가장 절실한 것

1년에 한 번씩 건강 검진을 합니다.
전에도 했었지만 지금은 절대 빼먹으면 안 되는
연례행사가 됐지요.

꼭 숙제 검사를 받는 학생처럼 잔뜩 긴장한 채
나를 무장 해제하고 하나씩 검사를 받아나갑니다.
같이 움직이는 건 그냥저냥 지나가는데
나는 가만히 있고 선생님들만 움직이는 시간이 되면
긴장이 더해집니다.

초음파 검사 해 보셨나요?
신경이 온통 선생님의 표정과 손에 쏠립니다.
혹시라도 이상을 발견하는 건 아닌지….
선생님은 모니터만,
나는 선생님에게만 집중합니다.

배고픈 사람은 밥만 봅니다.
목마른 사람은 물만 보이겠지요.
건강이 안 좋은 사람은 건강 정보에 온통 신경이 갑니다.
사랑을 잃어버린 사람에게는

사랑하는 이들만 보이는 것처럼요.

사람은 누구나
자신에게 가장 절실한 것만 보게 되지요.
당신은
오늘
어떤 것이 가장 고프신가요?
제발 그것이 풍성하게 채워지는 하루였으면 좋겠습니다.

손 그늘

아직은 내게 마음을 열지 않는 아이에게
햇살이 뜨거워 더운 호흡을 뿜어내는 아이에게

내가 해줄 수 있는 건
손 그늘.
손 그늘을 만들어주는 것밖에
할 수 있는 게 없습니다.

그거라도 하게 해주니
감사합니다.

동행입니다.

언니의 자장가

열 살에 엄마가 되어버린 언니.
뛰어 놀아야 할 아이의 마른 어깨를 고단함이 짓누릅니다.

동생을 재운 어린 엄마에게
자장가로 토닥입니다.

'엄마가 섬 그늘에 굴 따러 가면
아기가 혼자 남아 집을 보다가'

언어는 달라도 마음은 통하니
언니도 스스르
잠이 듭니다.

언니도 역시 엄마가 고픕니다.

한 아이를 키우는 데
온 마을이 필요하다지요.
그날
내가 가장 잘한 일.
한 마을의 이모 정도는 된 듯했습니다.

당신도
한 손길이 될 수 있습니다.

바늘로 얼음을 가르듯이

우리 마을에는요,

금이 나와요.

무지하게 많이는 아니고요,

그저 열심히 캐면 일주일에 밥 한 끼 먹을 정도는 돼요.

뭐 엄청 많았으면

우리한테까지 차례가 왔겠어요?

돈 많으신 분들의 차지가 됐겠지요.

그런 말이 있다면서요?

세상을 살아가는 데 중요한 금이 세 가지가 있다고요.

소금과 황금 그리고 지금.
지금 우리는 아주 열심히 일을 해요.
죽기 살기로 일을 해요.
그래서 지금 금이 아주 마안히 나왔으면 좋겠어요.
그래서 배도 안 고프고 또 꼭 필요한
소금까지도 살 수 있다면 정말 정말 좋겠어요.

오늘은 옆집 엄마도 앞집 할머니도
뒷집 언니도 다 나왔네요.
사실 우리 동네는 농사를 지을 수도 없는 땅이고
또 우린 가난해서 염소나 소를 살 수도 없는데
그냥 손 놓고 굶어 죽을 수는 없잖아요.
그래서 갓난쟁이가 울어도
허리가 끊어질 거 같아도
그냥 죽어라 금을 캐요.
제발 오늘은 금이 나와라
금이 나와라
바가지가 뚫어지도록 노려봐요.
점보다 작으니 그렇게 노려보지 않으면
있어도 못 찾으니까요.

아이고 허리야 팔이야 다리야
허리 한 번 펴야겠어요.
어머나!
하늘, 너 거기서 나 바라보고 있었어?
네가 거기 있는 줄도 모르고 쳐다봐주지 않아서
네 마음이 멍이 들어서 그렇게 파란 거야?
미안해
자주 바라볼게.
고마워. 우리만 외롭게 내버려두지 않아서.

으쌰, 으쌰
여엉차
으쌰, 으쌰
여엉차
금 나와 나와 와라 뚝딱!
밥 나와라 와라 와라 뚝딱!

지금 또 열심히 금을 캡니다.
-「사금마을 아이들」

작년 우간다 카라모자에 갔을 때
현장에서 쓴 글입니다.
열악하다는 우간다에서도 특히 힘든 곳.
가는 데만도 스물네 시간을 훌쩍 넘어 가야 하는 곳.

하늘은 너무나 파란데
그걸 바라볼 여유조차 없이
그저 땅과 대야만 뚫어져라 보는 아이들이 너무 안쓰러워
쓰라린 가슴으로 현장에서 쓴 날것입니다.

몇 번이나 간 곳이었지만 여전히 해결되지 않는 가난.
올해 또 가기로 하고 준비도 하고 있었는데,
감염병으로 발이 잠겨 가지도 못하고 있습니다.

걱정입니다.
감염병도 문제지만

배고픔
그 배고픔은 어찌 할까요.

감염병보다
더 무서운 배고픔.

그저 조금 더 견뎌주기를
버텨주기를
그렇게 살아내주기를.
지금까지 그래줬던 것처럼.

그 아이들을 생각하면 가슴이 아립니다.
자기들의 잘못도 아닌데
대충 사는 것도 아닌데
왜 늘 배가 고파야 할까요.
태어나니 배고픈 세상.
어디선가 잘못 꼬아버린 어른들의 잘못이겠지요.

잘잘못을 따질 여유도 없이 살아내야만 하는
아이들.

너무 일찍 철이 들어버린 아이들.

아이들의 눈망울은
시간과 공간을 훌쩍 넘어 그곳으로
나를 달려가게 하는 힘이 있습니다.

사람들은 묻습니다.
우리나라도 어려운데 꼭 거길 도와야 하냐고.
맞아요, 우리나라도 어렵고 힘든 분들 많지요.
근데 우리나라는 우리끼리 도울 정도는 되잖아요.
하지만 저곳의 아이들은 누군가 당장 도와주지 않으면
죽을 수밖에 없으니까요.
생명은 무조건 살려야 하는 거니까요.

또 묻습니다.
그렇게 온통 척박한데 도와주면 뭐가 달라지냐고요.
그럼요, 달라지고 말고요.
월드비전과 오지를 다니기 시작한 지 17년.
그동안 달라진 아이들을 너무나 많이 봤습니다.
어쩌면 계속 아이들을 만나게 하는 힘은

달라진 아이들의 모습에서 오겠지요.

밥 한 끼를 바라던 아이가 학교에 가고
꿈을 갖고
또 이루어내기까지.
이 모습들이 없었다면 저도 지쳤을지 모르겠습니다.

각인되어 있는 장면 장면들.
장애를 갖고서도 공부를 하겠다며
온몸으로 산을 타고 기어서 학교에 가던 아이.
부모를 잃고 아홉 살에 네 식구의 가장이 되어버린 아이.
영양실조로 죽어가는 아이들….
에이즈에 걸린 아이에게 다가가 마음 다해 안아주던
월드비전 직원들의 모습도 잊을 수가 없습니다.

그래요.
정말 많은 분들이 도와주셔서 여기까지 왔습니다.

절대로 혼자서는 할 수 없는 일.
덕분에 여기까지 왔습니다.

어릴 적 한여름에 엄마가
아주 큰 얼음을 사와서
화채 만드는 걸 본 기억이 있습니다.
그 큰 얼음을 어떻게 쪼개나….
작은 바늘 하나를 들더니
이쪽을 살살살 쪼개고 저쪽을 살살살 쪼개고.
아주 작은 바늘이었지만 머지않아
큰 얼음이 쩌억 갈라졌습니다.

그렇게 생각해요.
우리도 그럴 수 있다고요.
내가 먼저 바늘 하나 들고 이쪽을 열심히 쪼갤게요.
당신도 바늘 하나 들고 반대편을 쪼개주시지 않겠어요?
당신도요,
당신도요.
그러다 보면 언젠가는
도저히 깨지지 않을 것 같던 얼음이 깨지듯,

아이들의 배고픔도 그렇게 깨지지 않을까요.

사실, 이런 얘기를 선뜻 꺼내기도
쉽지 않은 세상이 되어버렸어요.
배신당하는 일들이 자꾸 벌어지니까요.
그들이 나쁜 거지요.
여전히 좋은 마음으로 좋은 일 하는 사람들이 더 많은데,
도움받아야 할 힘든 사람들은 어쩌라는 걸까요.
진짜 나쁜 사람들.
그 선한 마음을 이용하다니.

그러나
그럼에도 여전히 배고픈 아이들이 많기에
또 새 힘을 내보려 합니다.
올해는 코로나로 아프리카를 갈 수도
우리 아이들을 직접 만날 수도 없지만,
그곳에 아이들이 살고 있으니
나는 이곳에서 힘을 보내려 합니다.
어때요, 당신도 함께 손 내밀어주시지 않겠어요?

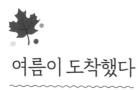

여름이 도착했다

와!
여름이다!

여름이 배달되어 왔어요.
눈물의 씨를 뿌리고
땀의 거름을 주고
햇살의 세례를 받고
수고의 비를 만나
영차, 영차 결실을 타고
서울까지 왔어요.

튼실한 알갱이들이
내 맘까지 부르게 합니다.

여름아 고마워,
고맙습니다,
당신의 수고가.

* 연탄은행의 본부가 있는 원주 밥상공동체에서 이렇게 매년 여름을 보내줍니다.

위로의 번호

얼마 전
한국생명의전화 오디오클립 녹음을 했습니다.

한국생명의전화 홍보대사로 일한 지 어언 20년.
큰 도움 되지 못해 죄송하지만
그 귀한 일 함께하게 해주니 그저 감사합니다.

녹음 때, 사랑하는 딸을 보낸 엄마의 편지를 읽었어요.
나 역시 딸을 키우니 그 맘이 얼마나 아프던지.
헉헉 터져나오는 울음을 겨우겨우 참아냈습니다.

그날을 되돌릴 수만 있다면….

견딜 수 없는 아픔이지요.
지키지 못했다는 자책이 가슴을 짓찢습니다.
'웃어도 되나.'
웃음은 먼 나라 이야기가 되어버린 채
유가족 또한 아물지 않는 상처로 고통받습니다.

생명은 정말 온 천하보다 귀합니다.
온 천하를 다 얻어도 내가 없으면 무슨 소용이 있나요.

참 외로운 시절입니다.
내 마음의 이야기를 들어줄 누군가가 간절히 필요할 때,
핫라인을 이용하면 어떨까요.

가슴을 열고 진심을 다해 당신의 이야기를 들어줄
누군가가 여기 있습니다.
1588-9191
1588-9191
외로운 마음 한 자락 기대도 좋을 위로의 번호입니다.

이자 받으러 오세요

연탄은행을 아시나요?
세상 어디에도 없는
우리나라에만 있는 은행입니다.
연탄은행은 말 그대로
누구든 연탄을 줄 수도 있고
받을 수도 있는 곳입니다.
물론 연탄을 맡기신 분들에게는 이자도 지급되지요.
보통의 은행에서는 받을 수 없는 이자,
'사랑'과 '행복'이라는 수익률 1,000퍼센트의
아주 높은 이자를 드립니다.

어때요?
계좌 한번 트고 싶지 않으세요?
연탄을 맡기고 싶다면 오셔도 좋고요,
전화로도 가능합니다.
받고 싶으세요?
달려갈게요.
우리 벗님들이랑요.

연탄이 필요하신 분들은

주로 어르신들이거나 지체가 약하신 분들이 많은데요,
대부분 하늘 가까운 꼭대기에 살고 계십니다.
그러니 이 착한 은행에서는
배달도 척척 해드리고 있지요.

요즘은 연탄이 어떻게 생겼는지 모르는 아이들도 많습니다.
연탄이 일반적인 땔감이던 시절이 아니니까요.
연탄 구이 삼겹살 정도로나 기억할까요.
그러나 나만 해도 연탄을 갈던 기억도 있고
연탄재 덕분에 동네 언덕길을 미끄러지지 않고
거뜬히 오르던 시간이 있었습니다.
김장과 두둑한 쌀독 그리고
광에 가득 채운 연탄은
우리네 겨울나기의 필요충분조건이었죠.
안타깝게도 연탄가스라는 불청객을 만나기도 했지만요.

3.65킬로그램.
연탄의 무게입니다.
36.5도,
건강한 우리의 체온과 같네요.
또 나비가 날아오르는 온도 36.5도.
그리고 날마다 살아가는 1년 365일.

아직도 이 연탄이 없어
추운 겨울을 나는 사람들이 있습니다.
한 장에 800원짜리 연탄 두세 장이면
충분히 따뜻한 하루를 날 수 있는데,
그 돈이 없어 냉기 가득한 방에서
추위와 싸우는 사람들이 여전히 많습니다.

그런 분들을 위해 고사리손부터 든든한 어깨까지
기꺼이 나서서 연탄 나르기 봉사를 합니다.
연탄은행과는 2005년부터 만났으니
예전처럼 연탄을 싣고 손수레를 끌고 밀지는 못해도
연탄 몇 장을 나르거나
따뜻한 어묵 만들기 정도는 넉넉히 하고 있습니다.

연탄을 나르다 보면 온몸이 후끈해져
땀이 송골송골 맺히지요.
물론 마음은 난로를 피워놓은 듯 데워집니다.

올해는 감염병으로 후원도 봉사자도 줄어
연탄을 갖다 드리겠다는 연탄 쿠폰을 대신 드리기도 했는데요.

당신도 할 수 있어요.
연탄은행이 주는 후한 이자를 받고 싶은 분이라면
외롭고 허기진 세상 속에서
더불어 살아가는 기쁨을 느끼고 싶은 분이라면
주저 말고 언제든 연락 주셔도 좋겠어요.
함께 기다리고 있겠습니다.

유오디아

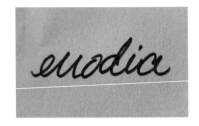

유오디아Euodia.

향기, 멋진 여행이란 뜻의 헬라어입니다.

성경에 익숙한 사람들에게는 그래도 낯설지 않은 단어죠.

난 예전 기록을 별로 갖고 있지 않습니다.

있는 것들도 잘 찾아보지 않았고

심지어 보관 자체를 좋아하지도 않았지요.

그나마 내게 조금이라도 남아 있는 기록들은

팬들이나 아버지가 갖고 계시던 것들입니다.

왠지 그땐 그랬어요.

인생은 어차피 흘러가는 거라고….

지금 생각하면 말이야 맞지만

그조차도 젊은 날의 치기 같습니다.

이제는 그 기록들이 얼마나 귀한지 압니다.

그런 내가 딸아이 태어났을 무렵,
1년 동안의 기록을 육아 일기에 열심히 담았습니다.
엄마의 힘이겠지요.

어느 날 아이에게 육아 일기장을 건네주려다
문득 내용이 궁금해지더군요.
태어난 날
첫 예방 주사 맞던 날
첫 이가 나던 날….
모든 게 새롭고 서투르던 시절.
아예 책장 앞에 쪼그리고 앉아
한참 추억팔이를 했습니다.

유오디아.
한참 후 딸아이가 문득
"엄마 나 문신할래, 유오디아로" 합니다.
"웬 유오디아?"
"뭐지? 엥? 엄마가 나 어렸을 때 유오디아라고 불렀다면서."
"엥?"
이번엔 내가 '엥?'입니다.

새까맣게 잊고 있었습니다.
기록이 없었다면 거짓말이라 했겠지요.
육아일기에 적혀 있더라고요.

향기.
그리스도의 향기가 나는 아이로 자랐으면 했던 거겠죠.
그 뜻대로 아이의 삶이 멋진 여행이 됐으면 했을 겁니다.

딸은 '웬 문신?' 하지 않고
'웬 유오디아?' 했던 것에 더 반응을 했습니다.
당연히 반대할 거라고 생각했대요.
엄마는 왠지 불편해할 것 같았다고.
'너도 해라' 정도는 아니지만
사실 아주 작은 문신에 크게 거부감은 없습니다.
감염을 걱정했을 뿐이지요.
크고 엄청난 문신은 좀 무섭긴 해요.
계속 남는 거니까요.

결론은 아이 팔뚝에 작은 유오디아가 생겼습니다.
나의 작품으로요.

엄마가 써주면 좋겠다고 해서 열심히 몇 개를 적어줬지요.
euodia.
정말로 삶을 멋지게 여행하는 아이가 되기를 바라면서요.

유오디아.
당신은 어떤가요.
멋지고 순조로운 여행을 하고 계신가요.
그렇게 되려고 준비를 하고 계신가요.
멋진 삶의 정의는 사람마다 다르겠지만
내가 글을 써서 누군가의 인생길이 멋질 수만 있다면
내가 애를 써서 누군가의 인생이 순조로워질 수 있다면.
그럴 수만 있다면 백번이라도 쓰겠습니다.
백번이라도 애를 쓰고 울겠습니다.
그 정도 수고는 기꺼이 하겠습니다.
그때가 이미 유오디아일 테니까요.

엄마 바지

엄마 바지
똥 싼 바지.

말년의 엄마도
동네 다른 엄마도
엄마 바지는 꽃무늬 똥 싼 바지.

세월을 먹으며
굽어버린 허리와 쏟아내지 못한
마음 기저귀들이 무릎 사이를 더 멀게 해
엄마들 바지는 똥 싼 바지.

그래도 소녀여서
엄마들 바지는 꽃무늬 똥 싼 바지.

엄마, 나의 언덕

"엄마!
엄마는 내 나이 때 어땠어?
엄마도 이 나이 살아 봤잖아. 어땠어?
힘들었어?"

책장 방에 들어갔다가
무심코 액자 속의 엄마 사진을 봤습니다.
아마 그날 뭔가 힘들었던 것 같아요.
혼잣말을 잘하는 편이 아닌데
나도 모르게 불쑥 튀어나옵니다.

"엄마!"
눈물이 쑥.
하던 일을 멈추고 한참을 울었습니다.
내 나이 때 엄마를 붙잡고.

그때만 해도 엄마의 치매는
그렇게까지 심하지 않았습니다.
가끔 내 이름을 기억 못해
먼저 "저 애리예요" 하고 얘기해도
전화 끝머리에 "엄마 사랑해요" 하면
"나도 사랑해, 우리 딸."
꼭 그러셨지요.
어쩌면 그 말조차도 오래된 습관이어서
그냥 저절로 나온 말인지도 모르겠지만요.

치매의 시작은 짜증과 화냄이었습니다.
생전 차분하시던 엄마의 그런 모습은 우리를 당황케 했고
너무 심하던 날은 같이 짜증을 내기도 했었죠.
아무래도 이상하다 싶어 병원에 가서 진단을 받던 날,
얼마나 죄송하던지요.

그러나 사람이 얼마나 간사한지.
유전 인자가 있는 건 아니나
감정을 조절하는 뇌를 많이 사용해
쪼그라들어 그렇다는 의사의 말에
오히려 조금 안심했다면
난 너무 불효자일까요.

여하튼 엄마는 약의 도움을 받았으나
집을 자주 비우는 나와는 더 이상
같이 살기가 쉽지 않았습니다.
몇십 년을 줄곧 같이 있었는데,
위험할 수도 있어 혼자 계시게 할 순 없으니
결국 큰오빠네와 함께 사셨어요.
그러다 점점 심해지는 증세에
큰오빠 내외도 이미 나이가 있으니
나중에는 사람 좋은 원장님이 운영하시는
요양원으로 거처를 옮기셨습니다.

박소례 여사님.

엄마는…
돌아가셨습니다.
올해 1월에요.
몇 년간 치매를 앓으시다가 홀연히 하늘로 가셨어요.
그나마 감사한 건
너무 많이 고통받지 않으시고
병원 가신 지 몇 시간 만에 떠나셨어요.
사랑하는 큰오빠도 옆에 앉혀놓고
그리워하시던 아버지께 가셨습니다.

10여 년 전 아버지 때도 그랬지만
이번에도 촬영장에서 소식을 받았습니다.
정신 부여잡고
부랴부랴 일을 마치고 장례식장으로 갔습니다.
또 다른 촬영장에 가듯이.
먹먹한 가슴을 안고.

엄마.
나의 언덕.
엄마는 그렇게 떠나셨습니다.

꽃을 좋아하셨던 소녀 같은 엄마 박소례 여사는
사람들이 보내준 수많은 꽃길을 따라 그렇게 가셨습니다.

내 욕심이었겠지만
짬을 내 엄마랑 같이 여행도 하고
한 침대에서 잠도 자며
먼 길 가려는 엄마를
조금씩 조금씩 보낼 준비를 하고 있어서였는지
사이사이 일터로 왔다 갔다 해야 하는 상황 때문이었는지
엄마를 보내는 시간이 어찌어찌 견딜 만했습니다.
그때는요.

그러나
집 안 구석구석 여전히 남아 있는 엄마의 흔적들.
어느새 닮아가고 있는 말투와 행동들.
엄마는 여전히 살아 계시네요.

사실대로 말하면
엄마가 안 계신다는 게 아직도 믿어지지 않습니다.
그냥 어딘가에 계실 것 같아요.

전화를 걸어
"마덜" 하면 "어이" 하고
엄마의 목소리가
수화기 너머로 날아올 것만 같습니다.
친구들이 우리 집에 전화했다가
나인 줄 알고 반말을 했다는
나랑 닮았다고 했던 아니
내가 닮은 엄마 목소리가.

만났으니 언젠가는 떠나는 거지요.
그럼요.
나를 먼저 보내지 않고 내가 보내게 하셨으니
그나마 감사합니다.

엄마는 기억도 못한다지만 어린 내게
'눈처럼 게으른 게 없고 손처럼 부지런한 게 없다'고
철퇴 같은 말을 해주셨던 엄마.
내 엄마로 살아주셔서 감사합니다.
이쁘게 키워주셔서 고맙습니다.
하늘의 소망을 가지고 다시 만날 날을 기다릴게요.

그동안 엄마의 몫까지 잘 살아내겠습니다.

오늘은 엄마가 남겨주신
이쁜 주머니 속 목걸이를 꺼내 목에 걸어 봐야겠습니다.
내 안에 여전히 살아 있는 엄마와 함께 파이팅할게요.
너무 걱정 마시고 편히 쉬세요.

나의 엄마 박소례 여사님.
당신은, 여전히 나의 언덕입니다.
사랑합니다.

그러면 안 되는 거였습니다

엄마는

그래도 되는 줄 알았습니다

하루 종일 밭에서 죽어라 힘들게 일해도

엄마는

그래도 되는 줄 알았습니다

찬밥 한 덩이로 대충 부뚜막에 앉아 점심을 때워도

엄마는

그래도 되는 줄 알았습니다

한겨울 냇물에서 맨손으로 빨래를 방망이질해도

엄마는

그래도 되는 줄 알았습니다

배부르다 생각 없다 식구들 다 먹이고 굶어도

엄마는

그래도 되는 줄 알았습니다

발뒤꿈치 다 헤져 이불이 소리를 내도

엄마는
그래도 되는 줄 알았습니다
손톱이 깎을 수조차 없이 닳고 문드러져도

엄마는
그래도 되는 줄 알았습니다.
아버지가 화내고 자식들이 속 썩여도 전혀 끄떡없는

엄마는
그래도 되는 줄 알았습니다
외할머니 보고싶다
외할머니 보고싶다 그것이 그냥 넋두리 인줄만~

한밤중 자다 깨어 방구석에서 한없이 소리 죽여 울던
엄마를 본 후론
아!
엄마는 그러면 안 되는 것이었습니다

-심순덕, 「엄마는 그래도 되는 줄 알았습니다」

모든 자식들이 자유로울 수 없는 시.
특히나 엄마가 된 대한민국 딸들의 마음을
헤집어놓은 시입니다.

내가 태어날 때부터 있어온 당신.
내가 필요한 모든 것을 채워준 당신.
나의 감정받이마저도 되어준 당신.
언제까지나 나와 함께할 것 같던 당신.
이 모든 것들을 당연하다 생각게 했던 당신.
당신은 엄마입니다.

그러나 잊고 살았습니다.
엄마도 여자고
엄마도 소녀였고
엄마도 딸이고
엄마도 하고 싶은 게 있는 '사람'이란 걸.

예전에 누군가 아이 앞에서
절대로 사과 깡지를 먹지 않는다는 얘기를 하더군요.
늘 사과를 깎으면 아이들에게 좋은 부분을 주고

자기는 끝 부분을 먹었더니
어느 날 아이가 사과 깡지를 들고 와서는
"엄만 이거 좋아하지?" 하며 내밀었답니다.
얘기하지 않으면 모르니
나도 맛있는 거 좋아하지만
너희 먹으라고 양보한 거라 가르친다고.

그 얘기를 들으며
맞아, 우린 사랑으로 해준 건데
그걸 좋아한다고 알 수도 있겠구나 싶었어요.
그러면서 나의 엄마를 떠올렸습니다.
엄마도 맛있는 거 좋아하시겠구나.
엄마도 예쁜 거 입고 싶겠구나.
그냥 얘기를 안 하신 거겠구나….

그래도 그때뿐
아주 한동안
엄마는 그래도 되는 사람인 줄 알았습니다.
자식들 걱정할까 봐
몸이 아파도 숨기는 엄마에게

그런 건 우리를 도와주는 게 아니라며
투정을 부려도
그래도 되는 줄 알았습니다.

이제는 압니다.
엄마가 안 계시니 더더욱 압니다.
엄마는 그러면 안 되는 거였습니다.
아!
엄마는 진짜 그러면 안 되는 거였습니다.

긴 편지의 끝에서

한여름 40일을 속초에서 살았습니다.

특별히 연이 있는 곳은 아니었는데

작년에 일하러 갔다 만난 속초가 전과 다르게 마음에 남았어요.

급한 일만 처리하고는 그동안 못 썼던 휴가를 소급받는 거라며

스스로를 다독여 생애 처음으로 용기를 냈습니다.

꽤나 오랫동안 제대로 된 휴가를 떠나본 적이 없었어요.

나름 일 중독인 내가 아프리카에 가려고 빼놨던 시간들을

스스로를 위해 쓰기로 한 거지요.

비가 내린 날이 많았지만 별다른 계획 없이

도심이라기엔 조금 한적한 영랑호 주변에서

관광객이 아닌 주민으로 살았어요.

일상의 스승들을 만나는 그 시간들이 참 좋았습니다.

그것들을 이 책에 담았고요.

짐을 다시 바리바리 싸들고 집으로 돌아온 날,

세상에 뭘 이렇게 많이 끼고 살았지?

화들짝 놀랐습니다.

아무래도 한달살이니 최소한의 살림으로 살아도

부족하다 느끼지 않고 잘 지냈는데요.

온 집안에 가득 널린 살림살이들이
나를 당혹게 하더군요.

정리하면서 산다 했는데
이렇게 덕지덕지 살고 있었구나,
아직 멀었구나,
너무나 많이 끼고 살고 있구나,
좀 더 심플하게 살아야겠다, 는 생각이 들었어요.

오자마자 정리를 한다고 했는데
또다시 익숙해지고 알았습니다.

심플한 글을 쓰고 싶었습니다.
근데 다 쓰고 보니
일상으로 돌아온 나의 살림처럼
덕지덕지 늘어진 것들이 보입니다.

그러나 어쩌겠어요.
너무나 치덕대지 않는다면,
이 또한 나이니 너그러이 보아달라고 용서를 구하고 싶습니다.

비를 담은 바람이 붑니다.

나가려면 작은 우산이라도 준비해야겠네요.

삶의 비바람을 마주한 이들에게도

따뜻한 우산을 준비해 건넬 줄 아는 그런 사람으로 살고 싶습니다.

다시 기적을 기다리며,

정애리

채우지 않아도
삶에 스며드는 축복

초판 1쇄 인쇄 2020년 11월 30일
초판 1쇄 발행 2020년 12월 8일

지은이 정애리
펴낸이 김선식

경영총괄 김은영
책임편집 한나래 **디자인** 박수연 **크로스교정** 정다움 **책임마케터** 기명리
콘텐츠개발6팀장 이호빈 **콘텐츠개발6팀** 임경섭, 박수연, 정다움, 한나래
마케팅본부장 이주화
채널마케팅팀 최혜령, 권장규, 이고은, 박태준, 박지수, 기명리
미디어홍보팀 정명찬, 최두영, 허지호, 김은지, 박재연, 임유나, 배한진
저작권팀 한승빈, 김재원
경영관리본부 허대우, 하미선, 박상민, 김형준, 윤이경, 권송이, 김재경, 최완규, 이우철
외부스태프 프로필 사진 오주헌스튜디오

펴낸곳 다산북스 **출판등록** 2005년 12월 23일 제313-2005-00277호
주소 경기도 파주시 회동길 357, 3층
전화 02-704-1724 **팩스** 02-703-2219 **이메일** dasanbooks@dasanbooks.com
홈페이지 www.dasanbooks.com **블로그** blog.naver.com/dasan_books
용지 IPP **인쇄** 민언프린텍 **제본** 정문바인텍 **후가공** 제이오엘피

ISBN 979-11-306-3351-0 (03810)

· 책값은 뒤표지에 있습니다.
· 파본은 구입하신 서점에서 교환해드립니다.
· 이 책은 저작권법에 의하여 보호를 받는 저작물이므로 무단 전재와 복제를 금합니다.
· 이 도서의 국립중앙도서관 출판예정도서목록(CIP)은 서지정보유통지원시스템 홈페이지(http://seoji.nl.go.kr)와
  국가자료종합목록 구축시스템(http://kolis-net.nl.go.kr)에서 이용하실 수 있습니다.(CIP제어번호: CIP2020049354)

다산북스(DASANBOOKS)는 독자 여러분의 책에 관한 아이디어와 원고 투고를 기쁜 마음으로 기다리고 있습니다.
책 출간을 원하는 아이디어가 있으신 분은 다산북스 홈페이지 '투고원고'란으로 간단한 개요와 취지, 연락처 등을 보내주세요.
머뭇거리지 말고 문을 두드리세요.